타이피스트 시인선 002

아사코의 거짓말

박은정

타이피스트

시인의 말

무너지기 위해 치솟는
한 사람의 신이 되는 것.

너와 나는 아주 가까이에서
이렇게 서로에게 신이 되기로 약속한다.
흑과 백을 확신할 수 없을 때까지.

2024년 1월
박은정

차례

3부 괜찮아요 별일 없이 살고 있어요

1부

빛을 견딘 시간이 언 뺨을 어루만지네

작은 경이

너와 내가 공범이었다는 사실을
우리 빼고는 다 알았다
내가 훔친 운동화를
네가 신고 다닌다는 소문

훔친 운동화는 모르는 길도
처음 보는 가게도 거침없이 돌아다닌다
점심을 먹고 커피를 마시며
담배꽁초를 비벼 끄며

더위에 숨을 헐떡이는 개
시소 위에 놓인 돌멩이 하나
가끔은 모든 것이 전람회에 걸린 그림 같다
지루한 자신을 훔쳐 갈 도둑을 기다리듯

태풍의 전야
묵비권을 행사하는 것만으로
상상할 수 있는 일들은 많아진다

우리가 태어나기 전
점성과 농도로만 이루어져 있을 때
세계에 가닿을 손끝을 예감했던 것처럼

손목과 발목이 서로 엉킨 채로
두려움이, 또 두려움 없는 마음이° 동시에
서로를 한 몸처럼 먹고 마시며

어떤 사랑은 사랑이 되기 위해
자신이 아끼던 마음을 죽이기도 하니까

빗줄기가 들이치기 전에
창문을 닫고 가만히 누워 봐
떠오르는 것들을 계속해서 그려 봐

따듯한 두 뺨
물집 잡힌 뒤꿈치
겨드랑이 아래 돋아나는 통증

깜깜한 어둠 속에서는
아직 태어나지 않은 목숨만 같아

가로수들이 휘청이고
사람들의 우산이 뒤집어진다
출처를 알 수 없는 감정이 창틀에 고이고
매미의 침묵이 시작되었다

투명하게 창문을 관통하는 울음
이것은 우리만 아는 울음이었다
섣불리 훔친 불행이었다

너의 운동화는 새것처럼 하얗다
완벽한 알리바이를 꿈꾸듯
우리는 그것을 구겨 신고
버스를 타고 서쪽 끝으로 떠난다

아무것도 모르는 사람의 선한 눈을 하고

서로의 호주머니에 손을 넣고

신이 가지고 놀다 버린
작은 경이를 훔친다

° 커트 보니것의 『제5도살장』에서 인용.

개와 약속

혼자 남은 방에
공중을 그리는 손가락

파고(波高) 속으로
쏟아지는 햇빛

약속 시간은 아직 멀었다

어제는 날이 좋았습니다. 모르는 여자는 내게 전화를 걸어 지옥으로 가는 경로를 알려 주었습니다. 나는 큰 개를 기르고 있습니다. 가끔 내가 떨어뜨린 눈물을 큰 개가 핥습니다.

어쩔 수 없는 기억으로
창밖을 두리번거리는 사람

약국에서 수면제를 사고 빵 가게에 들러 바게트와 샌드위치를 삽니다. 배부르게 먹고 잠들면 검은 바다에 뛰어들 용기가 솟아날 테지요. 큰 개는 내가 흘린 수면제와 빵 부스러기를 핥아 먹습니다.

　　남자에게 편지를 쓸 때마다
　　여자는 몇 번의 전생을 정성스레 백지에 적었다
　　콩 심던 아낙이 서커스 하는 소년이 되어
　　마지막으로 공중 낙하하듯

　　여자가 잠이 들면
　　큰 개는 졸면서 파리를 내쫓고

　　꿈속에서는 아홉 번의 텀블링을 하고 촛불을 꺼트리는 사람이었습니다. 내가 텀블링을 하는 동안 사람들은 고개를 쳐들고 탄성을 내질렀지요. 나는 세기의 불운한 서커스 단원. 당신은 멋진 의자를 가진 관객. 우리는 버려진 집에서 살았습니다. 무너진 지붕과 무너진 축대와 무너진 울타리 속에서 큰 개와 함께 사랑의 목격자가 되어, 졸릴 때마다 서로의 손가락을 깨물었습니다. 큰 개가 자주 울었습니다.

점점 커지는 울음소리
점점 스러지는 정오의 빛

넘어지고 쫓겨나면서도
뒤를 돌아보는 다정함으로

내일은 물에 잠기기 좋은 날입니다. 몇십 년 만의 폭우가
마을을 덮쳐 우리가 죽었는지 살았는지 모를, 지옥이라는
게 이곳일까요. 천국이라는 게 이런 곳인가요. 까무러치듯
달아나면 땀에 젖은 채 비명을 지르던 날들. 지나간 날이 해
무처럼 흩어지고

백 일째 큰 개가 졸고
일 년째 큰 개가 울면

나는 모르는 여자에게 전화를 걸어
어젯밤 서커스 공연에서 일어난 죽음을 전합니다.

여자의 울음이 들리지 않을 때까지
폭우는 종일 쏟아집니다.

약속 시간은 오지 않는다

빛이 하나의 세계 속으로
온몸을 들이밀고 기지개를 편다

우리가 나누었던 꿈들이
여전히 1층 로비에서 일어나고 있다면

누군가 문 열고 잠이 덜 깬 눈으로
오지 않는 답장을 기다리고 있다면

마지막까지
묘기를 하듯 영원의 밧줄을
붙잡으려는 손짓

사랑이라는 말에도 쉽게 무너지는 둑

파도 속에는 능소화가
혹한이 오려면 아직

아사코의 거짓말

아사코의 애인은 따듯한 손과 긴 속눈썹을 가졌다. 아사
코는 그가 잠들 때마다 조심스레 그의 속눈썹을 만지는 것
을 좋아한다. 자신의 손끝에서 떨리는 속눈썹의 나약함을
동경한다. 사람들은 그것을 진실이 아니라고 말할지도 모
른다. 애인은 수시로 선잠에 들곤 하는데, 그의 입에서 희미
한 웃음이 흘러나왔다. 기분 좋은 꿈을 꾸나 보다. 아사코
는 그 꿈을 방해하고 싶지 않아 자신에게서 멀어진다. 자신
을 지운 의식 속에서 그렁그렁한 물기가 거울처럼 그를 비
추인다. 그는 지금 파리의 테라스에 앉아 에스프레소를 마
실 수 있다. 죽도록 미운 이에게 권총을 겨누며 뇌세포와 기
분에 따른 상관관계를 떠올릴 수도 있다. 아사코는 자신의
창의적인 거짓말을 좋아한다. 거짓말의 타당성에 대해 세상
에 없는 이야기를 만들 수도 있다. 누구나 들으면 설득될 수
밖에 없는 뾰족한 입술로. 며칠 뒤에는 벼랑 위 식물원에 도
착한다. 아사코는 이름 모를 가득한 꽃들이 꼭 자신의 거짓
말처럼 아름답다 생각한다. 꽃들은 나약하고 중세의 끔찍
한 고문 기계처럼 아찔하다. 애인이 좋아하는 천변은 멀리
있다. 소리는 부유하는 기억 속에서만 들린다. 테라스에서

바라보는 사람들의 경쾌한 발걸음이나 미운 이의 옷자락을 뚫고 가는 파열음 같은 것들을 아사코는 편집한다. 빛을 배반하는 그림자를 삽입하고 수치스러운 두개골의 장래를 지워 버린다. 기적이라는 건 만년설이 쌓인 미래 같은 것. 그 속에 맥락 없이 존재하는 벼랑은 신의 장난질이지. 무언가 빠르게 사라지는 기분이다. 그것이 무엇인지 알 수 없지만, 손끝에서 분명한 통증이 인다. 애인은 갈증이 나는지 침 마른 소리로 중얼거린다. 그 소리는 허공을 지우는 담배 연기처럼 아스라이 멀어진다. 이제 아사코는 물 잔을 건네며 말한다. 일어나. 반세기가 지났어. 애인의 따뜻한 손이 아사코의 손을 잡는다. 생물처럼 살아서 움직이는 빛이 커튼 위를 넘실거린다. 잔상이 할퀴고 남긴 숨소리들. 창틀 위 선인장에는 몇 년이 지나도록 꽃이 피지 않는다. 조금 전 애인의 숨소리는 이제 애인의 것이 아닌지도 모른다. 머나먼 오늘의 일처럼. 아사코의 투명한 거짓말처럼.

새와 여자의 출근

이곳에 새가 산다

종일 웃고 우는 새가 있어
너는 만지고 바라보기에 좋았다

일곱 살의 말간 얼굴을 빚은 듯한
표정으로 더 아름답게 울었으면 좋겠어
그런 말들을 건네고 너는 잠이 든다

아침이 와도 새는 울지 않습니다
흐린 날씨에 늦잠을 자는 걸까요
아무도 모르는 병을 앓는 걸까요

나는 소리 없는 울음을 기억한다
이국의 거리에서 아름다운 소리에 반했다며
그 새를 찍어 보여 줬을 때

새는 울음으로 사랑을 구걸하는 걸까

사랑의 흔적을 울음으로 지우기 위해
그렇게 울었던 것일까

우리가 주고받았던 공평한 모욕처럼
허공에 불시착하던 소리들

네가 보내 준 사진에는 소리가 없다
그렇게 아름답다던, 세상에서 들어 본 적 없는
소리는 상상 속에서만 들을 수 있다

텅 빈 횃대만이 흔들리는 새장을 열고
새를 두 손으로 감싸 안았지요
여자는 습관적으로 울음소리를
듣습니다 아직은

아무도 돌아오지 않는 밤
작고 연약한 것들은 서로를 가여워할수록
강한 존재가 되는 법이니까요

너는 새장에서 울고 있는 새를
충만한 기쁨으로 재잘거린 적 있지
처음 만날 때처럼 두 발이 닿지 않게
새보다 가볍게 걸어오던 거리가 있었지

여자는 손바닥보다 작은 새를 안고
침대로 걸어가 잠이 듭니다
추울까 봐 이불을 덮어 주며
내일이면 다 괜찮아질 거라고

이곳에 새가 있다

잠에서 깬 너는 거실로 나온다
옷걸이에 걸린 목도리와 겨울 코트를 걸친다
오늘은 조금 일찍 나서자

더 이상 울지 않는 날이 온다면

서로에게 박제된 정원을 불태우고
비로소 횃대에서 풀려나는 거라고

우리는 신과 은총을 믿었다
그 믿음이 진실과 먼 비겁일지라도

코트 속에는 죽은 새의 노랫소리
죽은 새는 너와 함께 출근을 한다

새의 영혼을 한 몸처럼 껴입고
깃털의 온기에 정신을 잃을 만큼
그날은 다정하고 행복했으므로

저기, 기다리던 버스가 옵니다
여자는 세상에서 가장 아름다운 소리를 내며
가벼운 몸으로 올라탑니다

책장 속의 눈보라

창틀에 매달린 드림캐처

빛을 견딘 시간이 언 뺨을 어루만지네

어디까지 들어갈 생각이야 눈이 시리다

내일이면 사라질 백지로 만들어진 사람

너는 털장갑도 없이 잠긴 문 앞을 서성인다

영혼마저 얼어 죽기 전에 이 방으로 들어와,

페이지가 잘려 나간 책들 위에 눈만 껌벅이는 먼지들

쌓였다가 흩날리고 쌓였다가 무너지듯이

책장 아래 너는 고개 숙이고 흰 것들을 펼친다

착지하지 못한 철자들 네 눈에서 흔들리면

창은 사라지고, 오래 기다리던 사람은 눈 감은 채

은박으로 만들어진 겨울의 문장을 옮겨 적네

언 손끝에 무너지는 한 톨의 호흡

그럼으로써 다시 태어나는 긴 밤의 발자국들

밤새 네게만 쓰이는 눈 내리는 소리

테이블 위 모과 세 알이 소리 없이 익어 가고

행방을 알 수 없는 눈송이들이 절멸하는 행성처럼

아득히, 뼈와 살이 없는 우리를 가르고

진흙 정원

몇 날 며칠 아이의 울음소리가 들렸지만, 사람들은 이 집을 방문하지 않는다.

여기서 죽은 듯 잠들어도 될까요?

집주인은 여자를 모르는 사람처럼 쳐다보다 아무 말 없이 TV를 본다. 그렇게 한동안 화면을 보며 낄낄거리다 여자에게 말한다. 애가 우는데 거기서 뭐해.

아이는 이 세상에 태어난 것이 서럽다는 듯,
힘껏 운다.

이 집은 복구할 수 없는 역사로 만들어졌다. 찬란하던 빛은 먹색의 벌레처럼 우글거리고 시든 생활의 악취가 진동하여 방문객이 오지 않는다. 하지만 여자는 갈 곳 없고 밖은 추우니 집주인에게 허락을 구해야 하고

딱 하룻밤만 있을 곳이 필요해요.

집주인은 화분에 물을 주고 베란다에 나가 담배를 피운다. 남자의 밤은 달무리도 없이 밝다. 달이 유난히 밝은 날엔 죽은 귀신들이 제 집을 찾아온다던데. 죽어도 외로운 건 어쩔 수 없는 건가.

　아이의 손발에는 진흙이 묻어 있다. 이 아이의 울음 속으로 들어가면 구덩이가 파헤쳐진 정원이 있을 것이다. 나무뿌리에서 진액처럼 흘러나오는 목소리. 지지, 이런 곳에서 놀면 더러워지잖아. 어서 집으로 들어가자.

　세상 어디에도 우리 집은 없다고 말할 수 없었지만

　아이의 흙 묻은 손이 여자의 주위를 돌며 바닥에 찍힌다. 저 아이의 손자국이 여자에게 잊고 있던 슬픔의 전부를 던져 준다. 여자의 눈물이 마를까 봐.

　거실 소파에서 집주인은 코를 골며 잠들었다. 그의 손을 묶고 입속에 진흙을 쑤셔 넣는다. 그는 비로소 이 집의 정원과 가장 어울리는 존재가 될 것이다. 그의 몸이 찰흙처럼 말랑말랑해진다.

그런데 말이야. 죽은 자들이 집을 찾는 이유는 밤마다 지독한 추위에 떨어 잠들지 못하기 때문이야. 누구도 다정한 그들에게 말을 건네지 않아서.

정원에 구덩이를 판다. 그 위를 지나는 바람과 검붉은 나무들이 자라 꽃이 떨어지는 계절 오면, 아이는 집주인을 잊고 나를 엄마라고 부를지 모른다.

여자는 아이를 안고 나오지 않는 젖을 물린다. 시간이 지날수록 자라난 나무들이 집 안을 채우고, 벌과 나비가 유리창에 박제된 채 말라 갔지만, 아이를 보듬고 잠든 여자의 얼굴은 평온하고.

몇 날 며칠 아이의 울음소리가 들렸지만, 누구도 주인 없는 그 집에 대해 귀 기울이지 않았다.

여름의 벤치

지연은 어긋난 구름을 보고 있었다. 사랑을 노래하는 데도 지쳤어. 눈부신 햇볕에 손차양을 한 사람들이 벤치의 우리를 힐긋거리며 지나갔다. 나는 가방에서 소주병을 꺼냈고. 지연은 입으로 소주병을 가져갈 때마다 미간에 힘을 주고 있었다. 그 사람 집 앞에서 밤새 소리를 질렀지. 느리게 말하는 지연의 눈 옆으로 땀방울이 울 것처럼 흘러내렸다. 그녀의 갈색 눈썹이 그림자로 지워진다. 한낮의 공원은 노인들의 힘든 보폭과 강아지들의 어설픈 질주로 푸르렀다. 이 물은 홍제천이고 이 물은 우리를 지나가고 이 물은 한 세계를 잊고서야 한강이 된단다. 하천은 조깅하는 사람들의 호흡을 거스르지 않으려는 듯 소리 없이 흘러가고 우리는 그곳에 어울리지 않는 이방인처럼 뾰족하게 고개를 들었다. 불현듯 어떤 슬픈 구절이 떠올라도 이상하지 않을 날씨라니. 원피스를 입은 여자아이가 운동 기구에 올라가 두 다리를 휘젓고 있었다. 짧은 치맛자락이 바람에 펄럭이고 나의 두 눈은 아지랑이를 바라보는 사람처럼 가늘어진다. 여자아이의 경쾌한 숨소리가 사방으로 퍼진다. 어떤 흔적도 없이 흐르고 흘러서 이 세계에서 사라졌으면 좋겠어. 그녀의 입술이 한층 더 느리게 움직일수록, 소주병에 맺힌 물방울이 손을 흥건하게 적셨다. 푹푹 찌는 더위 아래 모두들 평화롭게 반쯤 눈을 감고 도는 공원. 공원을 끼고 끝없이 돌고 도는 하천. 우리의 낭만은 이미 취했고 서로의 어긋난 자화상에 매혹되고 있었다. 한 뼘만 더 낮아지자. 태풍이 휩쓸고 간 잎사귀들이 시들어 추운 겨울이 되기 전에. 드물게 빛나는 눈빛으로 나무가 되고 강물이 되어 사람의 일들은 모두 잊어버리자. 지연의 입에서 덤불처럼 축축한 음악이 흘러나왔다. 매미의 사체가 발끝에서 부서지고 그해 여름의 사랑도 끝나 갈 즈음. 넓은 잎사귀들이 금방이라도 떨어질 것처럼 흔들렸다. 정작 하고 싶은 말들은 먼 강 쪽으로 떠내려가고 있었다.

유칼립투스가 그려진 침대

침대 위에 잠들어 있다
주인에게 버림받은 유기견처럼
둥글게 몸을 만 채 작은 입을 내밀어
무언가 웅얼거리는

잠결에 뒤척이는 목소리가 고해처럼 들린다면
나는 살아 있는 헛것이 될까 무서워

기억 속에서도 돌이킬 수 없는
꿈속에서 너는 무엇을 쓰고 지우는 중일까
무의식의 몽타주 속에는 여러 개의 출입문이 보인다
문을 열려고 다가가면 사라지고 마는

하나를 쓰면 둘을 복기하면서
우리는 그곳에서 함께 살아간다
한 손에는 계피 향이 나는 검은 열매를 쥐고
사소한 걱정 따위도 없이 환하게

— 이건 먹을 수 있는 거야?

— 나도 처음 보는 열매인데……

— 그럼 내가 먹어 보고 말해 줄게

— 목숨을 걸고 싶을 만큼 먹고 싶은 건가?

— 우연에 목숨을 맡기는 거지. 독이 든 열매면 다행이고,
독이 든 열매가 아니라면 목숨이 하나 더 생기는 거야.

누가 이런 꿈을 시작했는지 알 수 없다

수학 공식처럼 딱 떨어지지만

매번 틀리고 마는 문제처럼

그러니까 이곳은 협소한데 너무 길지 않은가

끝이 보이지 않는 복도 앞

나는 너를 바라보고 있다 창밖에는

전진과 후퇴를 거듭하다 밤으로 달아나는

살쾡이들, 숨이 차오를수록 이곳은 과장된 현실만 같고

여분의 잎사귀가 침대를 채울수록

두 눈을 빛내는 우리라니

잠든 얼굴에는 너무 많은 진실이
흘러넘칠 것 같은 목소리가 살아 움직여서
소파에도 책상에도 침대에도
검은 열매들이 모서리마다 열리고
우리는 애벌레처럼 엎드려 목숨을 나눠 먹는다

이미 서로를 삼켜 버린 곳에서
어떻게 달아날 수 있단 말인가
아무리 수천 개의 목숨을 걸어도
남는 게 없는 인생이라면

날이 밝기 전에
너는 집으로 돌아가야 한다
맑게 갠 표정으로 두 눈을 뜨고
내 얼굴을 처음 본다는 듯
두 눈을 끔벅이다 옷을 챙겨 입는다

텅 빈 침대 시트에는 물기 어린 잎사귀
거실에는 네가 흘리고 간 사각거림이 있어
간밤의 이상한 서사에는 잎사귀— 돋아나는 유칼립투스
네 몸에서 나던 오랜 연못 냄새가

초록의 흔적만 남은 곳
이 시간이 실재인지 기억의 오류인지 가려보는 일
그것은 남은 사람에겐 손끝이 아려 오도록
자신의 강박을 반복하는 일일 테지만

— 너의 목숨이 하나 더 생겨서 기뻐.

나는 둥글게 몸을 말고
지난한 일상처럼 문을 찾는다
차가운 발이 내가 닿는 곳마다
축축하게 젖어든다

유칼립투스가 피어나는 침대 위
너를 따라 검은 열매를 깨물다 잠이 깨면
혀끝에 배인 연못의 빛깔

그 연못에는 수많은 너의 전생들
밤마다 처음처럼 태어나고

문진(問診)

　이 배에 타고 있던 많은 사람이 사라졌습니다. 한숨 자고
나니 한 세기가 지나고 내 불길한 꿈은 어제보다 벅차게 너
울졌습니다. 나침반도 없이 모두 어디로 간 것일까요. 망망
대해 서슬 퍼런 물결 위를 오르내리는 동안. 당신은 내게 어
떤 증상을 원하십니까. 얼음이 갈라지고 땅이 꺼지도록 절
규하는 인간을 가엾게 여기소서. 이런 기도는 나약한 인간
을 더 병들게 하는 주문일 뿐. 오늘 밤 마지막 성좌가 사라지
기 전 폭풍과 개벽을 불러올지 모른다고 합니다. 세계의 지
축이 바뀌고 적과 아군이 뒤바뀌는 정세 속에서 마지막 한
줄기 빛이 눈부셔 고개 들지 못하는 목숨이 바로 우리인 것
을. 표표하게 빛나는 고독이 플라타너스 잎처럼 이렇게 넓
을 줄 몰랐지요. 당신은 이번에도 무미건조한 질문을 하려
는 겁니까. 저 새장 속 앵무는 횃대에 앉아 반쯤 졸린 눈으로
세상을 관망하고 있습니다. 잠깐씩 허공에 날개를 매달고
들어 본 적 없는 기이한 언어로 울고 있습니다. 나는 밤마다
비명과 환희의 소용돌이 속에서 깨어납니다. 눈 감으면 키
보다 큰 파도가 덮치고 세계의 바깥으로 떨어진 작은 불씨
가 순식간에 도시를 태워 버립니다. 꿈의 외부자들은 숨죽

인 채 앵무의 성대로 당신을 흉내 냅니다. 그리고 나는 아무
도 보지 않는 비탄에 빠진 역할로 남았습니다. 가여운 피조
물이 뱀부로 만든 피리를 불며 풋사과 같은 열정을 깨물 때
마다 아, 나는 얼마나 정당하게 불모의 여왕이 되었던가요.
우리가 가려는 곳에는 무지개 폭포가 있다고 들었습니다.
춥고 광활한 황무지 옆에 깊은 전설이 있다 했습니다만. 그
곳은 오가는 사람 없어 완전한 생명의 환희로 빛나고, 폭포
의 시작에서 끝까지 무지개가 사라지지 않는다더군요. 지금
껏 살아온 영감과 파국을 어디까지 대답해야 합니까. 만물
이 수시로 만들고 망쳐 놓은 목숨을 당신은 편한 의자에 앉
아 들을 수 있습니까. 몇 밤을 지워야 그곳에 도착할 수 있
을지, 신앙이 지운 믿음을 어디까지 믿어야 할지, 곡절 많고
허약한 나는 알지 못합니다. 회절하는 빛이, 중첩된 마음이,
사라지지 않는 증언들이, 동시적으로 나아갈 곤궁한 핑계도
길을 잃었습니다. 당신이 내게 던지는 질문에 나는 어떤 대
답을 하면 좋을지 찾지 않습니다. 내게는 오직 빛을 구하는
마음이, 또다시 돌아보는 다정이, 몸 한가운데 구멍 뚫려 소
리조차 나오지 않는 사람의 안간힘으로 파도를 헤쳐 왔을

뿐. 내가 가져온 이 소리가 들리십니까? 투명한 물방울이 오색으로 빛나는 것을. 빛 속에서 아스라이 사라지려는 처연한 빛 멍울을. 막 잠에서 깬 앵무가 당신의 질문을 단조롭게 따라합니다. 당신은 이제 무엇을 질문할 수 있습니까. 내가 죽기도 전에 이 세계가 먼저 부서졌는데.

스투키 연습

덜 마른 발소리를 묻고
너는 어디까지 올라갈까 생각하지
머리칼이 온몸에 엉키는 밤이 있고

도무지 기록되지 않는 눈빛이 있었고
삭제하고 싶은 기억을 끄려고 누운 저녁이 있었는데
이렇게 손과 발을 반복해서 지우다 보면
네가 나라고 착각하는 날도 올까

닿을 수 없는 편지를 쓰고
가질 수 없는 선물을 숨겨 놓고
우리만 우리를 보지 못하여 고독한 밤
하지만 너는 무럭무럭 자라난다
물과 빛이 없어도 내가 없어도

생각이란 것을 해보자
한 사람이 길을 가던 중이었고
길을 가다 잠깐 귀여운 돌멩이를 주웠고

아무 쓸모없는 그것을 걷어찼을 뿐인데
그게 그렇게 죽을죄야?

흙을 뒤적인다
손톱 밑이 까매지도록 찾는 것
찾을 수 없어 더 망가뜨리고 싶은 것
그래서 이 두 손마저 지우고 싶은 것

초록의 급소를 흘러내리는 빛
어스름 너머 처음 보는 집이 보인다
노란 조명이 가득한 그곳에는

모르는 희망이 있었고
모르는 웃음과 입버릇이 있고
몰라서 다행이고 모르니 난감한 것이 있어
나는 모르는 것, 모르고 또 모를 것들

그것들을 세어 보다가

지혜롭고 불길한 이야기가 생겨나고
너와 내가 앙갚음을 하고
몸 밖에서 서로를 우짖던 우리가
척척 피레네산맥을 넘어가듯
숨이 가쁘고 마음이 가파르도록

적들의 부름으로 행장을 꾸리면
꿈속에서도 서로를 포로처럼 사랑하니
아군도 적군도 아닌, 드넓은 벌목 숲에서
늑대의 먹이가 되어 고꾸라지기를

우리가 만든 이 패배는 누구에게 돌아갈까

손을 뻗으면 무연히 사라지는,
진창의 사랑을 받아먹으며 발이 푹푹 빠지다
폭죽처럼 터질 생애에서

무너지기 위해 치솟는

단 한 번의 신이 되는 것

허깨비의 집

　허깨비들이 사랑을 나눠요 모빌이 반짝이고 딸랑이 소리가 들려요 아이는 보이지 않아요 이 집에 가장 오래 머문 햇빛이 그들의 그림자를 입고 있죠 이상한 건 내가 그 집의 주인이라는 거예요 나의 의자가 있고 침대가 있지만 나는 없는 집에서 그들은 서로의 몸짓에 열중해요 일주일에 한 번 화분에 물을 주고 오지 않는 우편물을 기다리는 동안 그들은 집의 비밀에 대해 속삭여요 나를 닮은 촛농 같은 얼굴로, 사람보다 더 진짜 사람처럼, 나는 그들의 이야기에 귀를 기울이며 종이접기를 해요 외로운 건 아니었지만 계절의 밤은 길었으니까 날씨를 만들고 천재지변을 만들고 실패한 마음을 만들며 밤을 지새우곤 했지요 그들이 잠들면 가벼운 점퍼를 걸쳐 입고 해변을 달려요 숨이 턱까지 차오르면 살아 있다는 것조차 거짓말처럼 느껴지니까 어쩌면 나는 그 집의 주인이 아닐지 몰라요 내 아이는 집을 떠난 지 오래고, 어떤 이도 나를 찾아 문 두드리지 않으니, 언제나 그렇듯 내일이 되면 내가 모르는 일들이 그 집에서 벌어질 테고, 기도를 하고 그 기도를 잊는 마음으로 사람들은 조금씩 허깨비가 되어 갈 테죠 오늘의 내가 아는 일이란 해변의 파도가 허리

만큼 오르내리고, 인적 없는 해변을 달리며 한 뼘씩 사라지
는 신의 자리를 보는 것. 여행객들이 폭죽을 터뜨리는 모래
사장에 누군가 부드러운 손으로 나를 그려요 그들이 그리는
나는 그들과 닮은 형제 같아요 요철 앞 망설이던 마음 같아
요 바람이 불고 파도에 밀려갈수록 조금씩 지워지는 형체,
나를 닮은 발자국이 사라져요 두 팔이 흩어져요 이제 나는
얼굴만 남아 우는 사람, 눈앞에 있는 것을 어찌할 수 없는 심
정으로, 허깨비보다 더 진짜 허깨비 같은, 모래사장 위에 나
는 누가 버리고 간 낙서인가요.

호수 앞에 당도한 운디네

막 장례를 마친 사람과 여행을 떠났다. 버스와 기차를 갈아타고 도착한 그곳에는 주인 없는 카페와 산 사람을 기억하지 못하는 헌책방과 잃어버린 신발을 찾아 영귀처럼 떠도는 여행객들이 있었다. 그는 보자기에 싸인 그것을 두 팔에 안고 바람에 날리는 모자를 바라본다.

지갑 속에 부적을 넣고 뛰어라. 경적이 울려도 뒤돌아보지 말고 뛰어라. 엄한 표정으로 무당은 말했다고 한다. 엄마는 죽은 딸의 한을 풀어 주려 자정마다 재계하고 골목을 뛰었다. 달아나고 달아나도 경적은 밤새 울렸고, 안간힘으로 버티던 엄마는 처음이자 마지막으로 한 번, 등 뒤의 세상을 돌아보았다.

10여 분을 걷자 호수 앞에 이르렀다. 이곳에 온 사연을, 묻지도 않은 얘기들을 주고받으며, 우리는 먼 곳으로 떠가는 메아리처럼 서 있다. 슬픔을 악귀처럼 사랑하고 술과 담배를 신앙처럼 따르던 시절이 있었던가. 수면 위에서 서로 겹쳐지며 흩어지는 장면들. 호수 한 바퀴를 돌자 저녁에 이르

렸고 다시 한 바퀴를 돌자 그의 얼굴이 어둠으로 사라졌다.

엄마는 불 속에서 건져낸 어린 딸의 사진을 문갑에 넣어 두고 밤마다 모서리가 닳도록 쓰다듬었다. 불현듯 낮잠에 빠졌고 어떤 날은 신들린 듯 청소를 해댔다. 엄마의 입에서 어린 딸의 한숨이 자주 새어 나왔다. 나를 보아도 내 이름을 부르지 않는 엄마. 내가 불러도 먼 곳을 보는 엄마, 그런 날 에는 방에 들어가 가본 적 없는 호수를 오래 그렸다.

저기, 꽹과리가 울리고 무복을 입은 사람이 춤추고 있어, 그 뒤에 앉아 비손을 하는 이는 누구인가. 나는 공중에 매달 린 듯 힘차게 발을 굴린다. 두 팔을 흔든다. 부시도록 밝은 달에 두 눈을 끔뻑이며 소스라친다. 어린 고라니가 차에 치 여 공중으로 날아간다. 귀를 찢는 울음소리. 끝나지 않는 경 적음. 죽은 고라니를 등에 업고 호수 속으로 들어가는 운디 네.

날씨는 나쁘지 않았다. 잠잠한 물결 속에는 이제 어둡고 고요한 이야기만 남았을 것이다. 우리는 죽은 이의 뼛가루를 뿌린 뒤 근처 식당에서 허기를 채웠다. 빈 보자기를 쥐고 카페와 헌책방과 여행객들을 지나왔다. 엄마는 이제 사진이 들어 있던 문갑을 버렸고 해마다 보러 가던 점집에도 가질 않는다. 그저 가끔 전화를 걸어 강바람이 쐬고 싶다고 말한다.

어쩌면 마호가니로 만든

들리니?

너는 불러도 모르는 사람
뒤를 돌아보지 않는 저녁의 사람

연막 속에 숨겨진
예정된 사건을 말하려고

3년 6개월 뒤
당신은 이유도 모른 채 번아웃이 오고
스스로 철길에 뛰어들 것입니다
같은

누구나 들으면 코웃음을 치다가도
저도 모르게 뒤돌아보게 되는

이 나무로 만든 악기는
세상에서 가장 깊은 소리를 낸답니다

매일 털이 뽑히며 죽어 가는 거위의 울음처럼
공휴일의 언덕을 구르는 아이의 악다구니처럼

뜨거운 고립과 미궁의 화법
임계점이 없는 소리를 머금고

너는 카페에 앉아
천장에 매달린 전등을 보고 있다

미세하게 신경을 거스르는
모서리마다 다른 조도를 느끼며

이 카페에는 죽은 나무로 만든 테이블이 여섯

부유하고 어린 주인은 보이지 않는다

우리는 테이블에 귀를 맞대고

마호가니 소리를 듣는다

들려?

까마득히 멀어지는 소리가

알려고 하면 더 모르겠는 저 소리가

너는 고개를 들어
양팔을 흔들다 물 잔을 넘어뜨리고

잡으려는 찰나
빛의 빗금이 쏟아 내는
쏟아져서 티셔츠와 외투에 스며드는

내 귓속에는 매일 사라지는 소리가 있어
태생을 잃은 바람과
버려진 아지랑이의 메아리가

우리처럼 작은 존재로
시시각각 소멸하는

어제는 먼 행성으로 떠나는 소설을 읽었지
노스트라다무스가 불과 마리화나와 호주머니만 가지고
어떤 예언도 없이 떠났다는

공중에 뜬 파피루스를 잡고 펼치면
아름다운 분화구만이 그려진 지도가 있고

잔디밭에 가득한 아이들이
연기에 취해 풍선처럼 떠 있는 풍경

누구도 음악 따위를 듣기 위해
귀를 쫑긋거리는 일 없고
밤마다 내세울 것 없는 편지를 쓰고
오지 않는 답장을 기다리지 않아도 되는

그곳에선 누구도 불행의 씨앗이 되지 않는 걸까

어쩌면 마호가니로 만든
장식품처럼 앉아 있던 우리가
먼지를 털고 일어날 때까지

밖은 여전히 캄캄하니
세상에서 가장 가벼운 그림자가 되어
불과 마리화나와 호주머니만 챙기고
앞으로 다가올 슬픈 일들은 이곳에 남겨 두기로

부연 대기 속에서 키스를 하면
떨어진 한쪽 입술이 행성을 통과하고
수화를 하는 손과 손이 겹쳐지고

우리는 없는 사람처럼 갈증이 난다
위도와 경도도 없이 사라질 것만 같다

어린 주인은 혼자 남아
테이블의 나뭇결을 가만히 매만지고

야만적으로 자라나던
구름과 나뭇가지를 자르던 어둠이
우리 두 사람의 그림자까지 지워 갈 때

드물게 아름다웠던 마호가니 악기는
스스로 자신을 내던진 세계 속에서
마지막을 향해 어떤 소리를 운다

우리는 언젠가 죽은 나무의 음성을
철길 앞에서 들은 적이 있을 것이다

2부

나만 아는 예쁜 꽃을 품었는데

링링°

　내가 삼킨 수많은 말들과 낮과는 이율배반적인 밤의 마음
과 사람으로 태어나 짐승의 울음보다 못 미덥던 날들 사이,
신의 선물처럼 여름 바람이 불었다

　가슴 속에서 무언가 울고 지나갔다 나는 슬프지 않았고
지낼 만했는데, 나를 통과한 것은 무엇이었을까

　건널목을 지나 버스를 갈아타며
　나는 자주 우산을 잃어버렸고 하릴없이 지나는 간판의 이
름을 불렀다

　불시에 들리는 빗소리가 집 안으로 들이쳤다
　둘 곳 없는 시선처럼 어색하게 미끄러지는 빗물이
　창틀 모서리마다 흘러넘치고

　너는 잘 때마다 왜 그렇게 이를 악물고 자니?

　끝이 보이지 않던 날들이 지나고

다시 끝이 보이지 않는 기억만 남았는데
나는 괜찮다는 표정만 늘었다

속수무책 내뱉은 말들이 소문이 되고 진실이 되었다 아는
사람들은 모두 공모자였으며 뒤돌아서면 모두 배신자들이
었지만, 진실은 거짓보다 의심스러웠고

눈앞이 어지러울 때마다 손에 쥐지 못한 것들을 원망했다
줄지어 쓰러지던 야자수들이 뉴스 화면에 비쳤다 링링이라
는 이름의 태풍이 왔다고 했다 두려운 마음이 지어낸 작고
귀여운 이름

다정과 오만으로 서로의 저녁을 밝히던
하루의 아마추어들

손안에 굴리면 사랑스럽게 고개를 내밀며
흔해서 싫어했던 내 이름을 처음 듣는 이름처럼 불러 주는

아직도 화가 안 풀렸니?
태풍이 오려나 봐, 창문을 닫아야겠어

손을 내밀면 작고 귀여운 것이 들어와
재롱을 부리다 가시덤불을 던져 준다

정적으로 가꾼 정원에
불시착한 미래의 화염 덩어리처럼

눈앞에서 무슨 일이 일어나는 줄도 모른 채
신의 선물처럼 흔적 없이 빠져나가는

약속될 수 없는 마음을 실험한 사람의
볕 들지 않는 안색이 있어

나만 아는 예쁜 꽃을 품었는데
자고 일어나면 이가 흔들렸다

° 2019년 필리핀 해상에서 발생한 태풍.

호모 돌로리스

눈물로 완벽한 인간이 되기 위해
오얏나무 아래 신께 번제를 드리듯
나는 앉아 있다 앉기 위해 집을 나선 것처럼

40년 전통의 보쌈집을 지나
농협이 보이는 육교의 난간을 잡고
사거리 건너 한적한 공원의 외진 길이나 궁리하는
어쩔 줄 모르는 생각들이 동어반복으로

걸어간다 걸어가기 위해
확신 없이 흘러가는 일상을 호흡한다
옥상을 잊고 우산을 버리고 계단에 접질리며
지루한 태생을 생각하자면

머릿속에서 새 한 마리 후두두
빌딩 숲 사이로 날아간다

이곳은 인적 드문 벤치

누군가는 앉았다 잠이 들었을 테고
어떤 이는 잊었던 약속이 생각나 벤치를
버려두고 뛰어갔을 테지만

나는 골몰하기 위해
앉아 있다 죽기 위한 방법을
골몰할 필요는 없다 살고 죽지 않기 위해
도망하는 방법도 알 수 없다

안과 밖을 헤매는 동안
사람들은 서서히 혼자 죽어 갈 뿐

벤치는 나보다 먼저 늙는다
내 엉덩이가 닿기도 전에 벤치는
집에서 쫓겨나 갈 곳 없는
어둡고 막막한 사람의 심정으로 앉아 있다

이 벤치는 튼튼하구나, 말하면

너는 조금 기쁠 수 있다
진심이 아니라도 괜찮다
거짓이라면 서늘한 위안이 될 수도 있다

허공의 역광이 관통한 사람
웃는 표정이 보이지 않아 다행이라면
나는 태생부터 잘못 던져진 것일까

나무둥치에 손가락으로
모르는 신의 얼굴을 그려 보면
어쩐지 내가 아는 얼굴과 닮아 있다

오래전 침대 밑에 숨겨 두고 잊었던
부끄러운 비밀 하나를 알아차린 기분으로

슬픔을 고독으로 위장한 신은
꽃이 되고 풀벌레가 되고 비둘기가 되고
한 그루의 골몰하는 침묵이 되어 간다

만유(萬有)의 어둠을 생각한다 앉아 있기 위해
나무가 있고 벤치가 있고 슬픔의 인간이 있고
그리고 내게만 보이지 않는
걸어가는 내가 있다

광기가 우리를 갈라놓을 때까지°

　여기에 눈동자를 그리면 번민의 짐승이 태어난다 의지
도 없이 의지를 능가한 채 뛰어다니다 잠시 눈 붙이면 불현
듯 척추와 꼬리가 길어지고 나를 삼키던 것이 도로 나를 뱉
어 낸다 이 세계의 바닥은 어디쯤인가 매일 밤 꿈속에서 폭
죽을 따라 솟아오르다 붉은 눈알을 놓치고 비명을 지른다
이것이 최후의 기억인지 최선의 기억인지 나는 알지 못한다
낭하에 몰려 계절을 따르는 새 떼를 보았고 세상의 경계를
넘어가는 미욱한 울음소릴 들었는데, 허공을 따라 고개 돌
리면 허름한 몰골로 내가 웃고 있다 눈을 끔벅이면 사방이
찰나의 얼굴, 내게는 천장에 매달린 얼굴이 있다 바닥을 흘
러넘치는 얼굴이 있다 그 얼굴은 푸르죽죽한 이마를 바닥에
대고 영원을 구걸한다 자신을 꾸짖는 나귀의 자세로, 남쪽
을 달라 하면 허허벌판 북쪽을 주고 죄 많은 나를 달라 하면
내가 주고받은 헛소리를 들려주었는데, 아무리 몸을 둥글게
말아도 사람의 울음이 들리지 않는 것은 이곳이 미완의 눈
빛으로 가득한 세계이기 때문인가 나는 척력이 없는 곳으로
떨어져 내렸다 어디까지 떨어질까 넘치는 정신이 광기에 휩
싸이고 다스릴 수 없는 마음이 사람의 기원을 의심하도록,

끝도 없이 추락하는 시간들이여, 나는 자신의 구원을 위해 달린다 4층에서 4층으로 7층에서 7층으로 등허리가 흠씬 젖을 때까지 달리다 보면 여전히 추문처럼 따라붙는 제자리, 저편에서 심장을 쥐고 드물게 아름다운 세계를 흥얼거리는 이는 누구인가 마지막 출구가 봉쇄된 장소에서 조우한 우리는 누구인가 더 이상 달아날 곳 없는 세계에서 본 적 없는 눈표범이 태어난다 그것의 눈 속에 나를 흉내 내는 짐승이 있다 손을 내밀면 나를 집어삼키는 짐승, 음화와 양화를 반복하는 얼굴, 질투에 빠진 신께서 우리를 갈라놓을 때까지, 눈앞에서 납덩이같은 비가 쏟아진다 척추가 길어지고 꼬리가 돋아난다 이제 우리의 눈은 어디에 그려야 하나.

○ 왕빙 감독의 다큐멘터리 <광기가 우리를 갈라놓을 때까지> 인용.

여름 감기

서로의 계절을 베껴 쓰다가 계절에 맞지 않는 옷을 입고 너를 만나러 간다. 6월에서 7월로 건너간 창경궁을 지나면 너의 지름길이 나오고 반쪽의 마음으로 한 겹의 창문으로 여러 겹의 더위를 건너는 사람들, 횡단보도를 지나 골목에 들어서면 손잡지 않고 걷는 오랜 연인이 있다. 담벼락에는 엉겅퀴와 자귀나무 여럿, 행인들은 미니 선풍기를 얼굴 앞에 들이대며 살 것 같다는 표정으로 지난다. 모든 것이 선명하게 타올라서 끝내 희미해지는 마음. 희미한 것들이 오래 쌓이면 재가 되기도 할까. 재가 녹으면 낡은 해변이 되기도 할까. 아직 끝내지 못한 숙제처럼 설익은 마음이 쌓여 갈수록 우리는 계속 걸어야 할 것이다. 생각이 길을 따라 걸어가고 흔적이 그림자를 훔쳐 달아날 때까지. 네가 궁극적으로 원하는 것이 뭐냐고 물으면, 겁 많은 사람의 다정한 표정이 떠올라 말문이 막힌다. 더위를 비껴 부는 바람을 우리만 아는 비밀처럼 바라보다가, 클랙슨이 울리자 끈적한 피부에서 너의 손이 미끄러진다. 땀에 젖은 몸은 오랜 우물처럼 깊어 간다. 가방 속에는 구겨진 약봉지. 어울리지 않는 풍경을 끌고 한기가 들 때까지 흘러왔는데, 절기마다 우리가 숨던 곳은 이제 개방된 비상구뿐이다. 비상구에는 삼삼오오 흡연하는 사람들. 동쪽으로 흐르던 시간이 서쪽에서 되돌아오는 동안, 우리의 인사가 변하고 손끝이 변하고 밤이 변한단다. 늙어 죽을 때까지 매번 대수롭지 않게 이 기억들을 살아 낼 수 있을까. 장난스럽게 비문이나 지어 보면서, 낯빛이 좀 쓸쓸해도, 영혼 같은 거 없이 살아도, 계절의 아름다움만으로도 바람은 불고 꽃은 필 테니까. 먼 해변으로 떠나지 않아도 이제 우리는 서로에게서 안전할 것이다. 나날이 고독해질 것이다. 여름 감기는 개도 안 걸린다는데. 너는 농담처럼 말했지만 나는 콧물을 훌쩍이며 어깨에 걸친 외투를 떠올린다. 움츠러드는 어깨는 종료된 기억의 무게만 복기하고 있을 뿐. 막차가 오기 전에 너는 일어나 작별 인사를 한다. 혼자 집으로 돌아온 그 여름에는 며칠을 내내 앓았다.

We Lost The Sea

무릎을 꿇고
한 세계에 대해 열변을 토하는 밤
마음에 드는 사람은 모두 죽은 자들이었다

이곳에 남는 사람이 한 명도 없을 때까지
서로의 사랑을 저의 불찰이라고 말하며

이 세계는 끝도 없이 확장되는 나쁜 마음

나는 돌이킬 수 없는 길을 만들고
물러설 수 없는 곳에서 바다의 깊이를 떠올린다

어린애처럼 칭얼거리던 네가 사랑을 말하면
선반 위의 책들이 금방이라도 쏟아질 것만 같다

시력을 잃은 사람이 한눈을 팔듯
서로의 먼바다를 가늠해 보지만

그때의 우리는 위인도 아니었고
평범한 사람도 되기 어려워
까맣게 흐르는 귓속말을 사랑하던 자들

검은 구름이 리드미컬하게
죽은 자들의 무덤을 넘어간다

아무도 없었고 그래서 다행이었지만
언제나 되돌아오는 건 분주한 파도 소리

거대한 사랑 앞에선
서로 난청일 수밖에 없는 것

한 발짝만 더 들어가자
어려운 두 귀가 물결에 풀어질 때까지

공중으로 떠오르는 파도
넘어지면서 쏟아지는 나무들

우리가 잃은 것은 바다뿐이었을까

노래를 부르려 입을 벌리면
가닿을 수 없는 곳에 혀가 있었다

눈송이가 찢어 버린 늙은 맹수처럼

눈 내리고 있다. 마을이 내려앉을 때마다. 창백한 자작나무의 시선은 등성이 너머 잠든 마을을 가리킨다. 손끝이 발갛게 얼었지만 손을 거두지 않는 사람들의 기도가 있다. 나직이 읊조리는 목소리가 저녁을 불러들일 때, 너머와 너머에는 고독한 정령의 서사가, 울음 거두지 않는 고양이의 하얀 연골이 빛날 테지만, 여기 상심에 잠긴 얼굴은 파편으로 조금씩 사라지고 있겠다. 마음에 시력을 빼앗긴 자들이 눈 속에서 화염처럼 흩어진다. 세계의 향연에 대항하여 싸웠던 자들의 눈물이 이웃의 선인장 위에 마을의 낡은 울타리에 머나먼 도착을 기다리는 철길 위에 소리 없이 내린다. 어깨마다 인 삶의 보풀을 덮듯. 소란한 것들을 잠재우려 기도하면서. 너는 금방이라도 구겨질 종이 같아. 너는 그렇게 말하며 고개를 들었고, 입을 벌려 유유히 떨어지는 눈송이를 먹는다. 입 안에 침이 고인다. 한 걸음 떨어져 나를 보는 눈은 어제보다 조금 더 감긴다. 눈송이는 피곤에 지쳐 떨어진 꿈속에서도 조금씩 번져 나간다. 손등에 내려앉는 눈송이를 보며 습관처럼 나이를 세어 보는 사람들. 빛을 채굴하는 젊은이들의 곡괭이질 소리가 마을을 뒤덮을 때, 스라소니

의 수염이 바람에 흔들리고. 기억은 늙은 맹수처럼 죽지 못
해 처량하다. 다시는 돌아가고 싶지 않은 골목길. 우리는 함
성을 지르며 미움 받는 아이처럼 발길질하고 살얼음 낀 수
족관에 손을 집어넣어 미동 없이 떠 있는 물고기의 감촉에
소스라친다. 죽어 버린 걸까. 잠자는 걸까. 아님 우리처럼 죽
지 못해 희미해지는 중일까. 나는 밤새 골목을 도망 다니던
아이. 누구도 나를 기다리지 않는 집이 있고, 뜨거운 국물에
숟갈을 넣기도 전에 눈물을 쏟고 말겠다. 엄마의 말처럼 나
는 영영 착한 아이가 되지 못하였고. 밤의 무뢰한처럼 납득
할 수 없는 쾌활과 분방을 껴입고 무정한 몸짓으로 돌아다
닌다. 이 지리멸렬한 천사들이라니. 이 무모한 눈가림이라
니. 좁은 길을 지나쳤는데 더 좁은 길이 생겨난다. 눈송이가
지워 버린 다른 길. 눈 뜨면 막다른 길. 기어이 그 끝에 다다
르면 벽에 머리를 기대고 하늘을 보는 거다. 폭격에 무너진
성벽을 바라보는 홍학처럼. 눈송이가 찢어 버린 늙은 맹수
처럼. 흰 눈이 하늘 위로 올라가듯. 이렇게 도리 없이. 커다
란 웃음에 가슴 한쪽이 아리도록. 나는 네 손안에서 먹고 살
고 죽어 갈래. 우리는 웃는다. 우는 건 지겹도록 해봤으니까.

이 모든 문장이 겨울밤의 거짓이라면, 세상에 없는 지어 낸 이야기라면. 빛이 눈송이에 난반사되며 멀어진다. 사람들의 기도 소리가 잦아들자 젖은 쥐 새끼 한 마리 어둠 속으로 몸 숨기고. 우리는 허공에 두 손을 내민 채 후후 입김을 불었다.

무화과 향이 나는 관자놀이

여름이었을까 까마득한 이름이 있었고, 창밖은 목덜미를 겨누는 폭염, 아니었을 거야 손을 따라 들어간 곳은 축축했고 새들은 울지 않는데, 이번에도 실패했나? 5분 전의 기쁨보다 끝내 무서웠던 것들을 생각한다 작은 이지러짐이 만든 방, 흑백의 빛과 어둠 사이에서

여자는 무덤덤하다
목덜미의 땀을 손수건으로 닦는다
더 이상 후려칠 슬픔도 가지지 않은 채
이상할 것도 없지, 갈증이 나서 고양이의 꼬리를 잡았고
달아나는 그것을 향해 실망한 표정을 감추었을 뿐인데

겨울이었을까 흘러가는 행간에 붙어살며, 무너진 마음이 다시 무너지는 것을 보면서, 목청껏 불러도 생생한 마음이 미워져. 이제 더 이상 따뜻한 입김이나 내뿜는 인간은 되지 않겠다고 생각하는, 못 미더운 추위, 흰 눈과 창을 때리는 강풍은 아름다워

남자는 가끔 서글퍼졌다
허리 숙여 발톱을 자르다
무심코 중얼거린 이름에 관자놀이가 뜨거워질 때
발코니 창문이 박살 나고 담벼락이 무너졌으니
흩어지는 통로, 무작위로 굴러가는 눈송이 뒤로
윤기 없이 늙어 가는 축복이

흑발의 사람들이 사랑한 도시에는
수시로 장마와 폭설이 들썩이고
그 발밑에 누워 돌아오는 계절마다
자신의 죽음을 하릴 없이 가늠해 보는

서로를 포옹하는 천진함
우리가 태어나기 이전의 호주머니 속으로
꽃도 없는 몸뚱이가 되어

관자놀이에는 무화과 향이
사시사철 붉게 익어 가고

어떤 하루의 평생이 가고
가닿을 수 없는 맨살의 이름이
남긴 방에는 부를 수 없는 수풀이 무성하도록

여자는 남자의 이름을 나직이 발음했다
아무도 들을 수 없지만, 귓속에서 뜨거운 눈물이 흘러
가까스로 한 계절이 무화되고

찢긴 나무들이 사라진 풍경을 애도한다 영원을 속삭이던
천사들이 비눗방울 속에서 지금은 없는 자신의 몸을 어루만
지는 동안 서로의 관자놀이에 이름을 겨눈다° 여자와 남자
는 입을 벌리고 우는 자신의 얼굴이 좋았다

° 마리나 츠베타예바의 「블록에 부치는 시 1」에서 변용.

사랑 없이 산책

밤 목련이 어여뻐서 전화를 했지
오늘 저녁엔 사랑 없이 산책이나 하자고
그렇게 천천히 걷다가 운동 삼아 뛰어 보자고
뛰다가 지치면 나무 뒤에 숨어 사람도 아니다가
다람쥐처럼 날쌘 표정의 아이도 되었다가
재미없으면 풀 죽어 돌아와
왜 나를 잡으러 오지 않냐고 투정도 부리는
꿈에도 본 적 없는 그런 밤이 될 거라고

가끔은 버스킹 노랫소리가 발걸음을 붙들고
어린 부랑자의 눈빛이 우리를 불러 세워도
너는 너의 집 방향을 잊을 리 없고
저녁 내내 볼품없는 문제들을 들먹이며
서로의 안부를 다행이라 여길 테니
조깅하는 사람의 기우뚱한 어깨와
낙담한 사람의 얼굴을 어루만지는 날씨와
대형견에 끌려가는 견주의 어정쩡한 다리를 보는 동안
모든 게 저녁 하늘을 날아가는 뜬소문처럼

온몸을 휘감다 사라지고 말 거라서

밤마다 고치고 다짐했던 문장들이
믿을 수 없이 별것 아니라면
다음 장면을 쉽게 상상할 수 없는 장면이
우리가 발명한 한 뼘의 인생이라면
지난 사랑의 의문들을 십계명처럼 외우며
다정하고 고달픈 십자가나 그려 볼까
울음보다 침묵으로 이 저녁을 탕진해 볼까
우연이거나 운명이거나
길 고양이가 다리를 스치며 지나갈 때에도
한 톨의 마음까지 술책 없이 흔들리면서
비가 내리고, 눈이 푹푹 쌓여도
휠체어 바퀴를 돌리는 노인의 두 팔처럼
그렇게 남은 힘을 다하기로

파양(罷養)

낮게 떨어지는 빗줄기를 본다

달 없는 저녁이었다가, 명치끝이 우르르 무너지는
꽃이 꽃을 버려지처럼 바라보는 계절이다

다가온 손과 멀어지는 손이 맞물려 돌아가며
왔던 길을 끝없이 되물어 보는 이야기

이 이야기는 누가 먼저 시작했습니까?

늙은 개의 볼살처럼 구름은 무거워

침묵에 사로잡힌 발끝을 따라가면
너는 부드러워, 리본처럼 내 목을 휘감고

이 쓰디쓴 결말을 네게 던져 주고 싶다

금 간 어둠을 털어 몇 개의 문장을 샀으니

어떤 말이 더 아플까 어떤 문장이 너의 내장까지 파헤칠까

허기진 뱃속의 사랑이 끝내 이물감으로 변질될 때
우리는 희미해서 죽고 싶어지는 서로의 몸속

뜻 모를 행간 속에는
굳어 버린 무모와 천진

두 귀를 틀어막고 가장 어두운 눈으로
네가 속삭였던 말들을 동시에 네게 들려주면
무표정에 실패한 사람을 이해하게 될까

천천히 사라지려다
기어이 무너지고 마는

빗금으로 번지는 세계의 노면(路面)

우산을 펼치면 작고 뭉근한 것이 기어 들어왔다

파양된 목숨이 나를 핥는 저녁
그것은 목이 말랐을 것이고 아직은 뜨거운
살갗에 고단한 애정을 부비고 싶었을 것

조용히 머리를 구겨 넣고
세상 가장 어두운 꽃말을 소리 내어 운다

여름의 정점에서 누가 시작한지도 모를 이야기를
끊임없이 돌아가며 미안하다고 말하는

달 없는 저녁이었다가, 명치끝이 우르르 무너져
누구의 죄도 아니었지만 모두 갈 곳이 없었다

바통

    나는 여름에 있다. 이 계절이 흙먼지로 채워지는 동안. 무엇을 기다렸던 것일까. 이곳엔 아무도 모습을 드러내지 않는다. 빈혈 가득한 마음과 허방만 짚는 두 눈이 운동장 벤치와 나무와 작은 발자국 사이를 서성인다. 400미터 계주에서 넘어지는 아이. 다른 사람들의 원성을 사는 아이. 부끄러워서 고개 들지 못하는 아이. 그 아이가 누군가 버린 바통을 쥐고 달린다. 한 바퀴 돌아도 바통을 잡아 줄 이도 없고 뒤이어 달려 줄 이도 없이, 심장이 귓가에서 쿵쾅대도록 입 안에서 피 냄새가 나도록. 아이는 집 안을 샅샅이 청소하듯 달린다. 먼지처럼 가볍게 달려 신기록이라도 낼 듯. 모서리를 돌아 모서리를 피하며, 부엌과 거실을 반복하며. 이 집은 방과 부엌과 거실이 하나이고, 하나의 공간은 끝없이 운동장으로 조각나고 만국기처럼 흔들린다. 회전하는 선풍기 사이 더운 바람 불고, 고양이 사료 그릇을 뒤엎고, 카펫 모서리에 걸려 또다시 넘어질 때까지. 쏟아지는 원성들에 층과 층 사이를 추락하며 벼랑에서 절벽으로 기어올라, 아이는 출발선을 지우고 텅 빈 운동장을 달리는 중이다. 손안에서 끈적한 땀방울이 떨어진다. 누군가 현관문을 쾅쾅 두드리다 사라진다.

승부는 유보되고 호루라기는 허공을 울린다. 그러는 동안 창밖으로 전봇대가 스러지고 현관으로 옆집 감나무가 넘어왔다. 누구도 나무라지 않고 간섭하지 않는 칠흑의 밤이 오고 보이지 않는 꿈마저 잠든 시간을 통과하도록. 아이가 매일의 나를 헐떡이며 지나간다. 국경을 지나 세계의 끝에 있을 결승선을 찾아서. 아이가 나를 추월한다. 아이가 나를 지워 간다. 흙먼지가 사라져 새로운 바통을 건네받을 때까지, 출발선도 없이 아이는 매번 나를 반복한다. 자신이 낳은 아이와 남편도 없이, 달리고 달리면서 흩날리던 땀방울이 저편으로 사라지고 있었다. 지겨운 함성 소리가 귓가에서 들리지 않을 때까지.

광화문에서

많은 손가락이 오고 갔다

기억나지 않는 약속이
다른 손가락을 만날 때마다 허우적거렸다
새끼손가락 마디가 하루만큼 줄었다

까마득한 어제가
사거리에서 횡단보도를 건넌다
옷깃을 스치며 지나는 사람들이
잃어버린 장소를 찾아

잠깐의 사랑에 빠지는 동안

입구가 없는 문 앞에서
백 년 전 왔던 길을 다시 돌아갈 때
매번 실패하던 다짐에 대해

들려주고 싶었다

그러니까, 개꿈 꾸고 난 오후의 느린 하품 같은, 왜 그런
꿈을 꿨는지 이유도 알 수 없는, 그렇고 그런 밤이 예정된 기
분 속에서 우리가 내뱉은 약속이 거북의 등딱지처럼 딱딱하
게 덮여 가더라도 흙탕물 같은 눈물은 흘리지 말자고

　약속에 약속을 얹으며 안녕을 말하면
　거리마다 우리가 흘린 손가락이 행인들의 발에 차이고 밟
혀 으깨어졌다 다시 그 장소로 되돌아간다면, 그건 죽을 때
까지 잊지 않겠다는 다짐이 될 텐데

　삼거리와 교차로를 지나
　되돌아온 후미진 골목, 빛의 방향으로만
　관통할 수 있는 안과 밖이 있어

　식당의 테이블마다
　바삐 움직이는 손과 호명들
　구분할 수 없는 너와 내가 술잔을 내밀고
　어깨를 붙잡고 울고 있었다

그런 날엔 모두가 돌아갈 곳 없는
빈 가게의 주인공인 것만 같아서

찬바람 불면 코트를 입은 사람들이 호주머니에 손을 넣
는다 아무것도 잃은 게 없다는 듯이, 더 이상 잃을 게 없다는
듯이, 오늘 밤의 가로등은 평생 그 자리에 있을 것처럼 눈부
시고

다음 약속 장소는 어디일까
불이 켜진 가게 문을 두드리며
구부러진 그림자 자정으로 휘청이고

누구도 기다리지 않는데
광화문은 광화문답게 흔들리고 있다

호주머니 속의 두 손이
오지 않는 버스를 기다리는 동안

어떤 장례식

어리석은 엄마가 내게 선물한 것은
여자의 삶이 얼마나 하찮아질 수 있는지
붉은 혀의 거짓말이 얼마나 진실될 수 있는지
돌 사진도 없는 나는 동네 남자애의 이마를 찢어 놓았다

죄 없는 돌멩이
내 죄는 죄 없는 돌멩이에 피를 묻힌 것

아빠의 영정 사진을 앞에 두고
우리는 절을 했다. 왼손과 오른손 중에 어느 손을
먼저 맞잡았는지 기억나지 않는다
향은 밤새 꺼지지 않았다

여름밤의 모기들은 집요했다
입술을 깨물며 십자가를 긋다 조문객들이
고개 숙여 국밥 먹는 모습을 보았다
식은 음식들을 정리하는 손이 있다
성실한 밤이 뒤돌아 나갔다

엄마는 울지 않았고 상복을 입지 않았다
반짝이는 형광등이 눈부신지 국화꽃 위로
향 가루처럼 하루살이들이 떨어져 내렸다
이곳에는 발목이 부러진 멧돼지가 찾아올 수 있다
길 잃은 고양이가 사람의 기분으로 두리번거릴 수 있다

이천이십일년 칠월 삼십일
있지도 않은 남편은 해외 출장 중이고
딸아이는 나와 함께 어색하게 웃는다
엄마는 이 모든 일들이 다행스러운가

천천히 음식 드시다 가세요
먼 길 와주셔서 감사드립니다

장례식장 이 층 난간에서
몰래 담배를 피운다
상복에 담배 냄새가 뱁 것이다

누군가는 나를 발견하고 돌아설 것이다
이 모든 지난한 일들이
죽음보다 앞서 삶을 이끌고 간다

그날 내가 신에게 던진 돌멩이는
아직 도착하지 않았을지 모른다

누군가의 통곡 소리가 들리고
옆 호실에서는 찬송가 노랫소리가 들렸다
또 다른 죽음이 삶을 데려온다

어떤 울음은 신에게 던진 돌멩이보다
더욱 처절하게 던져진다

서둘러 장례식장을 나서는 사람들
바람을 헝클던 나뭇잎들이 벤치 위
찢어진 이마처럼 붉게 쏟아졌다

손안에 작은 돌멩이 하나가 있었다

우리는 죽기 직전에야
함께 있음을 알았다

소란스런 꿈에서 달아난 밤에는
태풍에 떨어진 낙과처럼 자신의 모습을
개 짖는 소리에 묻어 버리고 싶었네

뜬눈의 소음들이 난무하는
목소리, 그 지겨운 목소리들

부엌에는 추리소설을 읽는 선한 눈동자가
안방에는 스모 경기를 보는 중년의 입술이 있어
헐벗은 마음을 가두고도 눈길 주지 않는
소녀의 뒤꿈치가 절름거리고

이 축축한 세계에선 누구도 멀리 가지 못하네

목책 아래 가시풀이 바람을 휘감고
침묵 속 반짝이는 모래알이 지평선 되어
마른 눈으로 대기를 감싸는 손이 있다면

가능하다면 필연조차
우연으로 가장하고 우연의 무력함으로
나는 사람처럼 살아가려 하네

우리가 할 수 있는 일은
누구의 잘못도 아니라는 애매한 용서들

그래서 나는 무엇을 말하려고 했는가

늙고 병약한 피아니스트가
마지막 힘으로 건반을 누르던 밤

패배보다 멋진 절망 속에서
손 하나를 내밀면 마음 하나가 꺾이는
한숨이 있고 그 한숨 속에서
몸을 축이는 노인의 알약 같은 안온함

백 번을 헤어지자고 다짐했지만

다음 날 전화통을 붙잡고 있는 여자와
테라야마 슈지의 책을 책장에 꽂을 때
갑자기 솟구치는 눈물을
어쩔 줄 모르는 남자가 있었다고

크리스마스트리 아래
잠든 천사의 깃털을 주우려고
시린 손가락에 입김을 불던 믿음과
간밤의 이불 속에서 덩굴처럼 자라나는
의구심이 두 눈을 가릴 때까지

이 고독한 전쟁 속에서
누구의 편도 아닌 조악한 신을 향해

엎드려 눈 감고
소리 없는 비명 속에서
도시를 건너 도시의 구덩이 속으로
끝없이 사라지는 이야기가 있다면

우리의 죄를 묻지 않는 물고기들
어제의 슬픔을 나무라지 않는
나무들
바람들
절벽들

그런데 우리가 함께 본 것은 무엇인가

물음표를 던지면
도미노처럼 눈을 감는

3부

괜찮아요
별일 없이 살고 있어요

아름답지 않은 재능

하물며 바다에 왔는데
너는 발조차 담그지 않고
마감일 지난 원고를 손에 쥐고
시체처럼 허공만 보고 있잖아

어제 잠을 못 잤어
그래서 오늘은 죽을 것 같니
온몸이 굳어 가는 벌을 받는 기분인데
그건 우리 아빠 병이고
너희 아빠는 잘 계시니?

백사장 쓰레기 더미 앞에서
방황하는 마음과 곪아 버린 기억 앞에서
파도와 모래마저 속수무책일 때

누군가 버린 그림자를 따라가는
검은 개가 있고, 있을 것이고

넘치는 햇빛과 기다란 모래사장
테두리를 허물며 사라지는 사람들이
다가왔다 멀어지는 일들이
속절없는 우리를 지나는 동안

구름에 엉긴 머리를 박으며
병들고 미쳐 버린 세기의 시인처럼
너는 쓰레기 같은 원고를 손에 쥐고
조각조각 찢어진 그림자가 되려는데

플라이 보드가 공중에 떠오른다
사람들의 감탄사가 한숨처럼 터진다

누군가 고개 돌려 얼굴을 훔치고
검은 개는 그림자를 핥고, 핥을 것이고

못다 한 이야기만 남은
휴가지에서 파라솔도 없이 땀 흘리며

시를 쓰고 읽고 버리는 동안

아빠는 작년에 돌아가셨어
네가 한 번도 본 적 없는 사람이자
나를 낳고 길러 준 사람이

사라지고 난 다음에
애도라는 말은 곧 지워질 너의 시어가 되었고
어떤 믿음도 애정도 작동하지 않는 세계에서
너는 매일의 불면을 죽은 사람처럼 반복한다

그걸 아름답지 않은 재능이라 말할까

등이 흠뻑 젖은 티셔츠를 벗고
나는 바다로 뛰어 들어간다
멀리, 더 멀리 떠가는 부표가
파도의 흔적까지 지워 버리도록

백사장에는 검은 개 한 마리
애도하듯 허공을 보며 짖고 있는데

우리를 살아 낸 이 참혹에서
짓밟고 뭉개 버린 사랑이
너는 아직도 작고 귀엽니?

밤의 무늬 속으로 준비된 천사처럼

흰 눈이 날리는 봄날입니다
모든 것이 꿈속에서 보는 현실 같아
두 눈을 부릅뜬 한낮입니다
여기서 느끼는 감정은 고꾸라지거나
엎드려 구걸하는 마음이 아닙니다
나를 불러내는 경적음이 첫인사입니다
죽은 이들과 밤새 안부를 나누고
살아 있지만 죽어 가는 이들과 저녁을 향해
달아납니다 멈추면 끝이니까요
여유로운 발코니가 보이고
테이블 위에는 차와 쿠키가 있습니다
자매는 말없이 마주 앉아
서로의 마른 목을 축여 줍니다
울타리 밖에는 수국이 자라고
쓸쓸한 열매가 익어 갈 테지요
간밤의 운명을 가방에 챙겨 넣고
자매는 사이좋게 계단을 내려갑니다
학교에는 가지 않아요 배울 것이 없는

악랄하고 후미진 장소는 많으니까

에스컬레이터처럼 움직이는 계단을 따라

낯선 마을에 도착한다면 자매는

돗자리를 깔고 도시락을 먹습니다

수업 종이 울리지 않는 이곳에는

붉은 저수지가 펼쳐져 있고

곳곳에 이름 모를 어둠들이 만발하여

누구도 서로의 얼굴을 알아볼 수 없습니다

어디선가 들어본 듯한 이름을 속삭이며

자신의 얼굴을 상상하고 숲길을 걷는 것

어둠이 백지라면 새벽이 성전이라면

자매는 팔짱을 끼고 춤을 춥니다

러시아 밀롱가의 여자들처럼

더운 입김을 귓속말처럼 내뱉으며

서로의 악몽이 스며든 주름진 곳으로

나무가 잎새를 지우고 잎새가 꽃을 지우는 곳으로

죽음을 잊기 위해서는 어디든 떠납니다

주머니에 든 부적을 만지작거리면

두 손에 번져 나오는 검붉은 이름들
발목을 붙잡는 애정 어린 부름들을 뒤로하고
자매는 두 손을 맞잡고 들어갑니다
아름다운 공작새처럼 꿈의 영매가 되어
꼬리를 펼치고 밤의 무늬 속으로
준비된 천사들이 걸어갑니다

숲에서 잃어버린 것

오래전 우리가 그린 숲에는 종달새가 날고 딱따구리가 나
무를 쪼고 뿔이 무성한 순록이 걷고 있었네 마음이라는 단
어를 배웠지만 틀려먹기 일쑤였고 꿈마다 맹수들에게 말문
을 잡아먹힌 터라 아침이면 하품이 밀려오곤 했는데, 말 없
는 내게는 오래된 친구가 하나 있었고 모자라고 비틀린 우
리가 숲으로 들어가면 등 뒤에서 들리는 혀 차는 소리, 하지
만 걱정할 게 뭐람, 무슨 생각을 하든 밤은 올 것이고 밤이
오면 사람들은 나처럼 말문을 닫고 잠에 들 텐데 숲은 겹겹
의 빛으로 물들고, 우리는 서로를 부르지 않아도 어느새 손
목을 붙잡고 있었네 당당하게 침묵함으로써 종달새의 깃털
을 모아 오두막을 짓고 순록의 뿔을 삶아 가여운 것들을 보
살폈지 그런 날에는 꿈마다 키가 쑥쑥 자라 아무도 우리를
알아보지 못했지만, 구덩이에 구덩이를 파고 구덩이에서 구
덩이가 자라도록 어둠과 숲은 서로를 감싸 안았네 돌아 나
갈 곳 없는 장면을 무수히 반복한 채, 나무 뒤에 숨어 세상의
적의와 실패를 작당한 얼치기처럼 총부리를 겨누면 한없이
가벼운 심장이 요동쳤으니, 다음은 누구 차례일까 눈앞에서
거대한 일생이 하나씩 사라질 때마다 으깨진 달빛이 어깨를

비추었는데, 그거 기억나니? 자신의 꼬리를 잡으려고 제자리를 돌다 자신을 미워하게 된 개처럼 덤불 위에 누워 저녁을 기다리면 허공을 향해 테두리 검게 빛이 펼쳐지고, 그 빛을 우산처럼 받쳐 쓰고 흐느끼던 숨소리가 있었는데, 집으로 돌아가기 전 아무도 모르게 숨겼던 빛의 구멍, 황달처럼 빛나던 그 빛은 이제 누구의 눈동자가 되어 그 숲을 헤매고 있을까.

미행성의 탄생

거울에 비친 달을 보았다

날마다 낮과 밤을 바꾸는 연습하고
너와 나를 지우려고 시도하였다

열심히 목도하고 짓이긴 것들이
가끔 꿈속으로 살아 돌아오기도 했다

월식은 언제 시작되는 겁니까

살아 있다는 것을 증명하려는 듯
매번 새로운 두려움이 생겨나고

그럼에도 적정 체온 유지는 중요합니다

벌어진 입 사이로 미행성이 들어왔다
목젖에 닿아 들끓는 그것을 뱉으려고
손가락을 넣어 캑캑거리다

두 눈을 찔끔 감고 삼켜 버린다

설마 죽기야 하겠어?

그러다 죽을 듯 헛소리를 하고
사지가 뒤틀리고 이미 죽어 버린 듯
송장 자세가 된다

힘을 더 빼야 해요
모든 긴장을 늦추고 공기와 하나가 된 기분으로
자, 숨을 천천히 내쉽니다

숨을 쉴 수가 없다
저것은, 이것은, 이 모든 것은
부질없지만 해롭고 나태하다

누군가 개를 끌고 온다
침 흘리며 우는 모습은

꼭 네가 그리는 흉조(凶兆) 같다

비둘기들이 나무에 머리를 박고
떨어진다 저 의지 없음의 존재가 너처럼
무심코 내게 오던 공원이 있었다

이곳에서는 모두가 기분 따윈 없이
벤치에 누워 긴 잠에 빠진답니다

사라지기 전에 기어이 글썽거리는 빛

너는 누구에게 보여 주려 했을까
그 차갑고 부드러운 독설을

미행성은 나와 충돌하며
이 세계에서 가장 멀리 떨어진 이름으로
자신의 새로운 궤도를 완성한다

요가 매트에 누워 모두 천장을 본다
오늘이 마지막 밤이라도 될 것처럼

우리는 실감나지 않는 자신을 껴안고
빛의 가장자리부터 삼켰다

시베리아 벚꽃

누구도 엿들을 수 없는
심해에 가라앉은 이야기처럼
우리는 눈을 감습니다

하나의 빛을 따라 수십 마리의 물고기가
물방울처럼 솟구쳐 오르고

억측의 밤이 당도하기 전
불안한 사람들이 눈 비비기 전에

저녁 미풍 아래 무모한 손을 잡습니다
호흡이 길어지고 말이 사라지도록
바이칼 호수와 후지르 마을 쪽으로

이번에는 얼음 호수를 꼭 보고 싶어요

만류하는 현지인들의 손짓을
애매한 미소로 답하며 자작나무들 지나

목조 박물관 지나면

천장에는 검은 하늘
얼어붙은 호수 위를

작은 두 사람이 걸어갑니다

아무도 우릴 발견하지 못하면 어떡하지

이 호수를 한 바퀴 도는 데
일생의 얼마가 걸릴 것 같아?

언제부터 봄이었는지
벚꽃 축제가 한창인 시절입니다

건너편에는 다정한 오리 보트가,
지압 돌이 놓인 공원이 있지만

평생 아껴 써야 할 시간을
하루 만에 다 써버린 기분으로

그곳에는 불운한 소식도 없이
꽃비가 사람들의 호주머니를 채우겠지요

세상에서 가장 천진한 얼굴로
봄의 가장자리를 펼치는

역광의 사진에는
어깨동무한 두 사람이 있습니다

꽃잎은 계절의 빗장을 열고
소리 소문 없이 떨어지고

해그림자 짙은
어찌할 수 없는 마음으로
언 호수를 두드리는 사람들

백색의 수면 아래
두 손을 맞잡은 우리가 보입니다

불멸을 꿈꾸던 조각난 빛처럼
끝없이 봄날을 부유하는 꽃잎으로

얼마나 오래 이곳에 있었는지는
중요하지 않습니다

구안와사°

본색을 오래 숨겼던 모양이지요. 종려나무 아래 걸인처럼 앉아 바람 소리 수집하는 악취미는 아직 버리지 못했습니다. 철길 위 달아나는 살쾡이들은 무고한 희생양처럼 목젖을 누르며 울고 있습니다. 영매를 찾기 위해 새벽길 나서는 우리는 광인처럼 중얼거렸고 노인처럼 암중모색하였지만, 무뢰한이 되어 행인의 가슴에 달린 브로치를 훔쳐 달아나는 것이 유일한 기쁨이었습니다. 나의 이목구비가 어디에 붙어 있는지 알 수 없으므로 인생은 추위에 얼어붙은 길처럼 자꾸 넘어지곤 했지요. 무엇이든 욕심내고 무엇이든 뒤돌아보며 토악질을 해대던 날들. 시시때때로 엄습하는 난간 앞에서 고개를 숙인 채 숨을 곳을 찾습니다. 당신과 눈 마주치면 저도 모르게 뛰어내릴지 모르니까요. 먹갈치의 눈을 닮은 내 얼굴이 기억나곤 합니다. 불시착한 무기처럼 내동댕이쳐진 능력, 곤죽이 되도록 얼굴과 얼굴을 이어 붙이면 벌목된 숲의 향기가 납니다. 손을 내저어도 아무도 없는, 아무도 숨을 곳 없는 이곳이 나의 얼굴. 허나 즉흥적으로 누군가를 사랑하는 연습할 때마다 세룰리안블루의 바다 빛을 떠올립니다. 죽음 앞에서도 아름다운 것만 찾는 마음, 아름다워서 지옥을 떠올릴 수밖에 없는 겁쟁이, 곤궁한 마음일랑 잊고 물때 낀 손톱으로 기억 속 얼굴 하나를 그립니다. 매정한 눈길 견디며 푸른 혀를 내밀고 웃던 기억 말입니다. 오랜 웅덩이에 얼굴을 씻고 아직 못다 한 밤의 부드러운 대사들을 읊조리면, 흐드러진 벚꽃 아래 달빛이 얇은 눈꺼풀을 열고 어둠을 밝힙니다 나는 노래 없이 어지럽고 작은 바람에도 휘청이지만, 납득할 수 없는 일이 어디 이뿐이던가요. 인적 드문 골목길을 혼자 걸어갑니다. 가시면류관 같은 중절모를 쓰고 떠나는 무해한 방랑객처럼. 내 두 눈마저 멀게 만들 빛의 활주로를 찾아서. 저기, 길 끝에서 영속의 빛이 눈앞에 나타날 거라고 믿으며. 이지러진 얼굴로 수족관 속 달빛을 들여다봅니다. 물고기는 얼굴이 없고 후유증이 없습니다. 나는 버려진 모조품처럼 잘도 뒤뚱거리며 키가 한 자만큼 휘어집니다.

° 얼굴 신경 마비 증상. 입과 눈이 한쪽으로 틀어지는 병이다.

프리즘으로 쓴 편지

진눈깨비 내려앉은
젖은 손바닥을 두 눈에 대고

나는 잠들고 싶었다
트램펄린에서 공중으로 뛰어오른 채
정지한 상태로 미풍 한 점 없이

삼각 프리즘을 들여다보던 아이는
아직 그곳에 앉아 발끝을 흔들고 있어
근사한 빛이 두 눈을 채울 때까지

세상의 외피를 지워 버리고
빛 속에서 무엇을 보고 싶었던 걸까

나는 책상에 앉아 첫 문장도 없이
써 내려간 편지를 펼친다
편지에는 인상적인 책의
한 구절이 쓰이고

하루하루가 내가 받는 질문이라면
색색의 실을 엮어 보내고 싶은 마음

시치미를 떼고
나는 괜찮아요 별일 없이 살고 있어요
겁 많은 지식인처럼 비겁하게

가끔 지하철 계단참에
주저앉아 잠든 사물이 될 때도 있지
아무의 손길도 닿지 않는 안전함으로

밤마다 바싹 당겨진 감정은
턴테이블 위를 돌다 튕겨 나가고
죽음을 앞둔 늙은 여가수의 노래는
귓가에서 끝없이 삶을 반복하는데

아이가 그려 넣은 풍경의 비밀이
번민하는 꿈들을 가로지른다

한 줌의 빛이 주문처럼 자라나고

채우지 못한 편지에는
오색의 빛줄기를 새겨 넣는 밤

세상에 쓰인 적 없는 문자가
어둑한 당신에게 도착할 것이다

빙식증°

이것이 악취미라면
머릿속 노란 구름부터 지워 주세요

머리부터 발끝까지
어떤 기분으로 살아 내고 있는지
말할 수 없는 증상입니다

세계는 무례한 자들의 슬픔과 분노의
덧없는 기록지가 되어

나는 적의를 표하는 것들에
살아 있음으로 대항하려는
허들링의 몸짓입니다

시곗바늘이 한 바퀴 돌고
창밖에는 헬리콥터가 나는 정오

거대한 빙하가 입속에서

물러설 수 없는 쇄빙선과 충돌합니다
거꾸로 머리칼을 물고 웃고 있는 사람의
이상하고 아름다운 소용돌이가 입니다

드넓은 초원 위를 달리는 들소들
어지러운 천장에 수풀이 돋고
발밑에서 구름이 피어나는 동안

오늘도 건강한 하루를 견뎌 내는 중입니다

백 번째 어린이날이 오면
혈색을 찾지 못한 아이들이
롤러코스터를 타며 빙그르르

떨어지고 솟구치다
성장하지 않아도 세상 돌아가는 법을
알아 버린 휴일입니다

짙푸른 초원 위에는 엄마 없이
한 아이가 새를 쫓아 뛰어가고

집 안에는 공중에서 떨어지는 새의 깃털을
바라보는 사람의 표정이 있습니다

누구도 내가 얼음을 머금고
내일을 함구하는 이유를 알지 못합니다

° 빙식증은 얼음을 강박적으로 섭취하는 것을 말한다. 철결핍성 빈혈과 연
관되어 있다.

부두인형

이 불청객 같은 밤을 어쩔까

태엽을 감으면 저기,
비현실적 생활이 나를 기다리고
책상 위 모래시계 뒤집어도 시간은 흐르지 않네

이마 위로 떨어지는 촛농 같은
정적과 파장을 뒤로하고

그를 미워하는 마음이 볏짚으로 쌓여
사람의 형상을 하고 문장을 쓴다

　이 방 안에는 물소리가 흐른다 한 사람이 누워 천장을 보고 있다 그의 어깨를 감싸고 흐르던 물소리가 머리칼을 덮고, 두 눈을 덮는다 사람의 형상을 한 인형이 그를 본다 그의 가슴에 성호를 긋는다 어떤 문장이 쓰인다 열 번의 고해가 가슴에서 피로 맺힌다 그리고 그는 이 모든 것들을 본다 밟으면 죽는다는 금을 밟아 버린 표정으로

볕 들지 않는 곳에
소금과 은총을 수집하는 사람이 있었고

창과 바늘을 구름 아래 숨기고 그것들의 모서리가 서로를
뒤쫓고 넘어지고 돌아서고, 대문을 들어서던 노인의 이마
에 떨어진 빗줄기가 세 개의 웅덩이를 만들고, 더운 나라에
서 온 파리 한 마리가 창가에서 하나의 운명적 이미지로 죽
어 가고 있었으니, 나는 그 모든 것을 어둔 방에서 방관하고
있다 미지의 고통에 잠식된 겁쟁이처럼 입 벌린 채

이 하루는 어디서부터 잘못된 것일까
매몰된 빛을 찾아 자신이 기른 끔찍한 마음들을 하나둘
세며 오한을 느끼는 자가 있었으니

아득하게

더는 누설할 수 없는
두 손을 맞잡고

부두인형을 안고 잠들면, 모든 것이 망쳐진 것 같은 기분으로 무사한 죽음을 깨닫는다 머무를 곳 없는 심정에 다섯 개의 대못을 박고 나를 관통하는 고통이 도벽처럼 느껴질 때, 세계의 역사와 지혜와 은총을 한 몸에 받은 귀신이 내게 들어오네

　사방 붉은
　벽에 둘러싸여

　나는 떠나왔다
　저속한 연민으로 살찌우고
　속을 수밖에 없던 선한 눈을 하고

　오늘 저 아파트 옥상에서는 누가 마지막까지 아름다울 수 있나 고개 숙이면 아득히 펼쳐지는 심장의 파편들, 내가 남긴 마지막 문장을 그는 보잘것없는 몸에 새긴 채 세상의 불행과 함께 다녔으면 한다 자다가도 걷다가도 머리 위로 창과 칼과 불이 떨어졌으면 한다 일상도 고요한 죽음처럼

죽음도 어이없는 일상처럼

놀이터에서
혼자 노는 아이를 본다

고사리 같은 손에
부두인형을 쥐고 자신의 숙명을 되묻는 아이

어둠이 풀어놓은
고단한 아침이 신의 손에서 완성된다

화관을 쓴 아이는
구원의 서막을 열기 위해
나의 이마에 성호를 긋는다

긴 잠이 예정된 자신의 인형을 안고
누구도 반기지 않는 빈 방으로

화가 난 병정처럼 나를 따르세요

새벽에는 누구나 자신을 취소하고 싶은 기분입니다. 이십여 년 전의 부끄러운 섹스가 떠오르거나 술에 취해 길바닥에 넘어졌던 일이나. 사소하지만 끝내 낙오자가 되어야 견딜 수 있는 일들 말입니다. 여기 반딧불이 가득한 나무가 있습니다. 나무는 바람과 상관없이 자주 흔들립니다. 나는 술에 취하면 종탑이 울리듯 진동하는 춤을 엮습니다. 세상에서 가장 화려한 모자를 쓰고 실패한 자들의 시를 읊조립니다. 읊조릴 때마다 부끄러운 표정은 베일로 가린 채 궁금해 죽겠다는 사람에게만 슬쩍 보여 주지요. 다른 음험한 의도나 음모는 없습니다. 지금 눈앞에 있는 나를 보십시오. 나는 정직하게 배신하고 사랑의 무의식이 내린 벌을 달게 받고 있습니다. 그러니 세상의 허튼짓보다 더 헝클어진 나를 주목하세요. 들리지 않는 음악이 불현듯 당신의 어깨에서 흘러내릴지도 모릅니다. 우리는 장래를 꿈꿀 시간도 없이, 잘려 나간 팔다리를 찾아 잠시 휴전 중이고 휴전 중에는 모두들 끔찍한 고독에 매몰되곤 하니까요. 나는 당신을 길들이는 천재지변. 당신은 화가 난 병정처럼 나를 따르세요. 누구보다 용기 있게. 자신보다 조심스럽게. 잠깐의 후회와 영원의 망막이 새로운 당신을 만들어 냅니다. 나는 한 잔의 술이 필요한 천사이고 당신은 천사가 필요한 믿음 잃은 시민이므로. 휘청거리는 나무를 뚫고 승천하는 선지자들의 영혼을 떠올리세요. 서로를 몰라본 인생에 경의를 표하며, 무서울 때마다 부르던 유년의 노래를 실패한 시처럼 읊조리세요. 이제 창밖의 지루한 빛이 사라집니다. 무덤 위를 뛰놀던 어여쁜 소년이 당신을 맞이합니다. 짐승과 모의하던 울음이 저들의 동굴 속으로 물러납니다. 이곳에는 삶과 죽음이 없습니다. 증폭되는 기분만이 가득합니다. 아무것도 아닌 우리, 보이지 않지만 팽창하는 우리, 소멸 속에서 빛 하나가 타오르는 우리, 오직 전해 온 이야기 속에서만 살아나는 나와 당신. 반딧불이 가득한 나무 아래 아침이 올 때까지 춤추는 밤이라면. 잠시 죽음 앞에서 손톱을 물어뜯는 당신을 잊어도 좋습니다.

아르페지오

지금껏 내가 들은 것들을 말하려면

얼마나 많은 귀가 필요할까

저들은 내가 타전한 말들을 하수구에 버렸을까

진창을 피해 다니다 진창을 애정하게 된 사람

하얀 식탁 위의 한숨을 무기력하게 바라보는 사람

충혈된 눈으로 가로등을 안고 우는 사람

이 모두는 잠복하고 있는 소리들을 듣기 위해서일까

들리지 않는다고 소리가 없는 건 아니니까, 들어 봐

우리가 놓친 소리들이 얼마나 높은 곳에서 떨어지는지

포물선을 그리며 떨어지는 세계의 낙하

무시간적인 음악이 시간적인 음악을 투시한다

평생을 두리번거리던 바다 앞에서

몇 초의 사랑으로 세상을 이해하게 된 사람이라면

손때 묻은 모포의 시간 같은 기억을 건너

발목은 부드러운 파도에 사라지리라

우리가 손에 쥔 것이 무엇이든

미련 없이 놓아 버리기를, 그것이 좌절한 신의 음악이기를

일정한 간격으로 손가락은 조약돌을 건너고

모든 것은 호흡대로 흘러간다

옷자락에 스며드는 물결같이 어여뻐서

중얼거리는 손이 있었지 고해처럼 반복되는

아르페지오가 바다를 긁으며 지나가고

남은 건 배음들의 잔해

눈물, 들숨의 떨림으로 고개 드는 사람

파도가 모래사장에 그린 자국들

실의에 빠진 한 사람이

투신하듯 물속에서 잘게 부서진다

공중에는 맨발의 물새 몇 마리

쏟아지는 두 손을 지우고

2센티미터의 과거

먼 곳이라 믿고 싶었지만
눈 뜨면 발아래 가까이 있었고

경이의 시선으로 선 사람들이
카메라를 들고 수증기 속으로
빛의 잔해들처럼 사라진다

언제 터질지 모를
분화구 너머 저 화려한 건물이 보이니?
화산재가 뒤덮인 검은 모래사장도

뜨거운 지표면 위를 걷다 보면
쥐도 새도 모르게 덮친 암울한 미래에
뒷덜미를 낚아 채일까 조급해지곤 해

기억의 급소를 들킬 때마다
가슴에서 대륙판 갈라지는 소리가 들린다
일 년에 2센티미터씩 지면이 벌어진다는 이곳에

눈 감고 서 있으면 한 세기가 무사히 지나갈까

비현실적인 풍경도 눈 감으면
입체적인 현실이 되기도 하니까

오래전 유럽의 수도사들이 터전을 찾아
이곳까지 왔다는 얘길 전해 들었다
북쪽 끝,
지옥과 천국이 공존하는

이곳에 도착해서 가장 먼저 한 일은
혼자 중얼거린 눈이 뜨겁다는 말,
발아래 그림자가 일그러지도록 바라보던 일

하루씩 눈에 띄지 않을 정도로
지면이 벌어지는 동안 생존을 증명하고 싶은
사람들은 저편의 지형도를 생각했다

누군가의 손이 이마에 얹힌 시간과
짙푸른 바다의 고요를 보여 줬던 친구와
태풍 아래 안부를 적어 보내는 사람들

한때
그들은 죽지 않는 천사이자 영원이자
단 한 줄의 지워지지 않는 맹세였을 것이다

이 나라에 와서
너무 많은 기억을 써버렸다
세차게 흔들리는 하루 앞에 엎드린다
경사진 계단을 지나 하루의 무사를 위해
불구덩이 옆 기도하던 수도사들처럼

오랜 친구에게 쓰다 만 화해의 편지가
지면의 틈새 속으로 떨어진다
타국에서 순간의 허공이 될 운명이라면
마지막 인사치곤 근사하지 않은가

분화구에서 흘러나오는 기척이
먼 곳에서 조금씩 들려오는 작별의 말이
가장 뜨거운 일생이었다니

하늘이 검붉게 번지자 구원자를 찾아
달아나는 사람들, 뒤로 식은땀 흘리며
서로에게 멀어지는 땅을 보았다

2센티미터의 너와 내가
보잘것없이 불타고 있었다

네가 흘린 눈물로 얼굴을 씻는다

내 옆에 아이처럼 누운 네가 있다. 너는 잠 속에서 안경을 쓰고 숲의 겨울을 헤매는 중이다. 누구도 지나간 적 없는 숲 속에는 바람에 나부끼는 잎사귀 소리만이 가득하다. 꺾어진 나뭇가지로 지팡이를 만들어 너는 조심스레 한 걸음씩 걷는다. 안경을 써도 도무지 보이지 않아. 밤새 벌목꾼들이 지워 버린 풍경을 찾아, 누군가 잃어버린 분실물을 먼저 찾으려는 듯이, 너는 두 눈을 끔뻑이며 안경을 닦는다. 나는 너의 등을 토닥이며 이 지겨운 나날들이 사라지기를 기다린다. 어서, 그렇게 겁먹지 말고, 너는 누구도 발견하지 못할 곳으로 떠나야 하는 사람. 세상의 모든 인연과 가방을 버리고, 어떤 발자국도 남기지 않은 채. 그렇게. 너는 다시 걷는다. 노래를 흥얼거리다 말문이 막혀 버린 사람의 심정으로. 어릴 적 아버지가 돌아가셨을 때를 떠올린다. 큰 덩치에 어울리지 않게 투명하게 울먹인다. 그때 울지 못한 울음을 지금 울겠다는 것처럼. 나는 끝나지 않는 길을 굽어보며 네 등을 토닥인다. 이 밤이 지나면 다시 평온한 아침이 찾아올 거라고. 누군가는 그날을 추억이라 말하고 누군가는 악몽이라 말할 테지만. 기억의 잔해들은 또 다른 기억의 반딧불이를 날려

보낼 테니. 조금만 더 가면 개울물 소리가 들릴지도 모른다. 숲의 정령이 어린 너와 함께 물고기를 잡고, 깊은 숲속의 자급 생활과 오래된 형제들의 습지를 알려줄 것이다. 그들만의 비밀인 비자나무 우거진 어둔 동굴의 이야기를 들려줄지도 모르지. 침대에서 일어난 너는 아랑곳없이 배가 고프다며 파스타를 만든다. 이국의 향신료를 손으로 으깨며 너는 다시 우는 아이가 된다. 여분의 꿈이 네게 남았나. 여분의 겨울이 끝나지 않았나. 지난 계절엔 사랑이 가득한 책을 읽었는데, 언제부턴가 숲을 떠나지 못하고 밤새 잎사귀로 태피스트리를 짜던 한 사람이 아침이 오면 네가 흘린 눈물로 지친 얼굴을 씻는다.

얼음과 화산

정오의 햇볕 아래
낮잠을 자며 웅얼거리는 사람

공기는 한없이 가벼워서
약속될 수 없는 이미지들의 집합체 같다

가만히 누워 손 닿지 않는 이물질과 뒤섞이며
계절의 주위를 부유하는 숨

휴일에 갇힌 사람이 하는 일이라곤
자신이 하는 하품의 횟수나 세는 거지

신이 인간에게 부여한 물성은
말랑말랑한 애정과 휘청이는 털

우리의 미래는 살짝 감긴 눈과 표정이 하나인
역할을 애완하는 것일지도 몰라

손을 맞잡고 기도를 하면
미물처럼 보호받고 싶은 마음이 수천 개

그럼에도 사람은 우울을 식량처럼 씹어 먹고
포도주 한 잔에 곤한 욕지기를 느낀다

아름답지 않니? 이 무모하고 허접한 목숨들이
발라당 배를 까뒤집고 우는 게

죄를 지은 얼굴로 사랑을 발설하고
매번 유리잔 속에 갇히는 생활이 뒤척이고

저녁이 오면 운동화 끈이 풀린 채 뛰쳐나가
묻지도 않은 죄를 발설하고

무연히 허공을 물들이던 얼굴이
영롱하게 죽어 가는 하루와 영원이

머리칼만 스쳐도 아픈 건
몸의 모서리마다 심장이 울기 때문일까

내가 상상할 수 있는 우울을 줘
먼 나라의 얼음과 화산을 줘

털이 수북한 증오가 내 입을 막기 전에

미숙한 오늘이 내일의 자각을 깨우기 전에

너의 머리를 쓰다듬으면
잠결에 놀란 목숨이 웅얼거리고

우리는 잠깐 곤한 잠에 빠졌을 뿐인가

아무도 없는 풍경 하나가
뜨거운 찻물처럼 훅, 얼굴을 덮친다

개처럼 목숨을 걸고

바다를 찾아서 걸어갔지
눈앞에 없는 것을 볼 것이라는 기대
한낮이 다 가도록 터널을 지나고 지나도
사람 하나 보이지 않는 곳에서
우리는 깡통 하나를 주워 구걸에 나선다
배가 고프니 돈이 필요하고
돈이 있으면 겁날 게 없었으니까
주인 없이 돌아다니는 개 한 마리가 있다
우리는 늙은 개에게 깡통을 내민다
속이 빈 깡통에 주둥이를 박는
개의 꼬리를 잡고 획획 돌리면
지구가 자전하듯 우리가 공전하듯
겁먹은 개가 뒷걸음질한다
갈대숲 너머로 달아난다
저 개를 따라가자 뭔가 나올 거야
비밀을 캐는 악당처럼 소리치고 까르륵거리며
하지만 개는 빠르다 사람보다 짧은 다리로
목숨을 걸고 뛰는 존재는 먼지보다 가볍고

우리보다 작아지고 작아져

바다는 보이지 않고 우리는 배가 고프고

황무지에 내던져진 운명 앞에서

서로를 조롱하며 숨을 헐떡이는데

하지만 바다는 그곳에 있다

멀리서나마 그것은 들린다

우리는 깡통을 버린다 신발도 버린다

맨발로 달아난 개처럼 소리가 들리는 쪽으로

발바닥이 무언가에 찔리고 까이도록

어디까지 달려가야 볼 수 있을까

바다가 보이면 우리는 무엇을 해야 할까

바다 냄새가 코끝에 맺히기 시작한다

멀지 않은 곳에 늙은 개도 있을 것이다

우리가 찾는 것은 바다일까 늙은 개일까

무지한 마음만이 가질 수 있는 무모함으로

신발을 찾아야 해, 집에 돌아가면 혼이 날 거야

날이 더 어두워져 길을 잃기 전에

낡을 대로 낡은 발자국을 찾아서

등 뒤에 바다를 버려두고 늙은 개를 버려두고
금방이라도 파도가 우리를 삼켜 버릴 듯
개처럼 목숨을 걸고 달아났다

글렌 굴드의 허밍으로 쓰인 시

박은정
산문

글렌 굴드의 허밍으로 쓰인 시

새해의 첫 주말이다. 지금까지 살아왔던 '작년'과는 다르게 무언가 나은 삶을 살아가고자 했지만, 눈을 뜨니 여전히 암울하고 막막한 아침이었다. 불현듯 파고드는 지난 과오가 목덜미를 잡아채는가 하면, 앞으로 헤쳐 나갈 수많은 고비들이 계시처럼 떠올라 서둘러 거실로 나왔다. 머릿속을 하얗게 지운 채 거실을 걸어 다녔다. 걸어 다녔다라고는 쓰지만, 주방과 거실이 함께 짜인 구도로 어림잡아 네댓 평 정도밖에 되지 않는 공간이다. 그 좁은 공간의 싱크대와 책장의 모서리를 오갈 뿐인 작은 산책. 이런 아침엔 무얼 해야 할까. 문득 루소의 『고독한 산책가의 몽상』이 떠올랐다. 세상 모든 것들 저버리고 오롯이 혼자 살아갈 순 없을까. 하지만 나는 여전히 세상의 욕망에 흔들리고 작은 흠결에도 놀라 뒷걸음질치는 사람. 고독이라는 성채 안에 들어가 평생을 지낼 사람은 못 되는구나 싶어, 부질없이 책장에 꽂힌 책등만 눈으로 쓰다듬다 테이블에 앉아 커피를 마셨다. 창을 통해 들어오는 빛줄기에 눈을 감는다. 천천히 일어나 창문을 열어젖히면, 부지런히 발걸음을 옮기는 사람들과 전선 위의 새들, 새들의 소리가 있었다.

글도 책도 영화도 어느 것도 손에 잡히지 않을 때, 숨을 곳을 찾아 들어가는 사람처럼 작은방 문을 열고 피아노 앞에 앉는다. 내게 피아노는 그런 존재이다. 마음이 무너지거나 하릴없이 어쩔 줄 몰라 할 때 찾게 되는 검은 안식처. 피아노는 어린 나를 품어 주었고 어떤 버거운 슬픔에도 나를 있는 그대로 받아 주었다. 반면에 전공을 했음에도 남들 앞에서 연주를 잘하지 못했고, 연주회가 있을 때마다 실수할까 불안에 떨며 인데놀을 찾아 먹던 내게는 피아노가 실패의 역사처럼 여겨지기도 했다. 많은 부대낌이 있었고 오랜 시간이 흘렀다. 이제는 어떤 꿈을 품고 피아노를 연습할 일이 없는 사람이 되었지만, 피아노는 여전히 내 삶에서 오랜 시간 함께 늙어 온 기억의 악보집이다. 그렇게 소소한 취미가 된 피아노라는 악기. 그때보다 악보 읽는 게 더디고 손가락도 많이 굳어 버렸지만, 별 기대 없이 묵묵히 피아노 앞에 앉아 있으면 번잡한 세상일이 다 전생의 시간처럼 느껴지곤 한다. 무심히 담담하게 건반을 누르다 보면 사람 사이 대화의 고단함을 생각하지 않아도 되고, 해답 없는 인생의 날들에도 언젠가 먼 곳으로 이 '소리'들이 가닿을 것만 같았다.

'소리'로 시를 쓰는 사람을 생각한다. 그 소리는 아무도 들을 수 없지만, 오직 혼자만 듣고 만질 수 있다. 흩어진 세계 안에서 존재하는 이유. 고독한 소리가 쓰는 이의 몸을 감싸고 있다. 그는 아직 한 문장도 쓰지 못했지만, 백지 위 들끓는 소리들을 들을 수 있다. 불모의 단어들이 그의 손끝에서 가까스로 숨 쉬며, 그를 다스리고 반복한다. 그가 끊임없이 써 나갈 수 있도록, 끝나지 않는 문장들이 자신을 만들고 자신을 지워 버릴 때까지. 그는 귓속에 맴도는 '소리'를 하나의 문장으로 말할 수 있을까. 그는 자신의 문장이 '불모'를 닮았다 생각한다. 입속에서 반복되는 마른침 소리. 자신의 입 모양을 유심히 살핀다. 열린 세계에서 닫힌 세계로 걸어가는 사람이 있다. 닫힌 세계를 지나 스스로를 벗어나려고 몸부림치는 사람이 있다. 그는 가까스로 떠올린 영감 속에서 모든 것이 사라질 때까지 말한다. 아무것도 태어날 수 없음에서 황무지의 새로운 소리를 듣는 것. 그 속에서 하나의 또렷한 정신만이 자신을 버티던 시간마저 지워 버리기를. 밤이 사라지고 관계가 사라지고 잠과 꿈이 사라진다. 그는 이렇게 한 문장의 시간을 시작한다. 텅 빈 목소리에 불모의 감정을 담아 꾹꾹 누르는 심정으로.

지금은 시를 쓰는 사람이지만, 피아노를 통해 경험했던 감정들이 '시'라는 통로를 통해 여러 개의 목소리로 전이되는 것을 느낀다. 시와 피아노가 연결된 손끝을 어렴풋이 알 것 같기도 하다. 지금 내가 앉아 있는 이 시간을 잘게 쪼개어 생각과 감정의 무늬를 문장과 음으로 표현하는 것. 그것은 숨겨진 내면의 목소리를 찾는 행위에 다름 아닐 것이다. 침묵과 공백을 음표와 문장으로 채우고 하나의 세계를 그려 나가는 일. 어떤 이에겐 삶 속에 도사린 고통과 두려움에 대항하여 마음의 맨얼굴을 그려 내는 일일 것이다. 많은 피아노곡에는 여러 감정들이 녹아 있다. 발랄함과 흥겨움, 유머와 탄식, 격정과 절망, 고통과 슬픔 그리고 끝도 없이 반복되는 감정의 무한함으로 넘어갈 때, 연주자는 새로운 자신의 음성을 듣게 될지 모른다. 어떤 멜로디에서 호흡을 멈추고 허리를 곧추세우게 되거나, 어떤 문장에서 여기가 아닌 다른 곳으로의 순간 이동 같은 신비한 경험이야말로 시와 음악이 주는 살아 있음의 대답일 것이다. 혹자는 고뇌하는 이는 살아 있음을 의심하지 않는다고 했다. 시를 쓰는 행위도, 악기를 연주하는 행위도 고뇌의 방 안으로 들어가 살아 있음을 증명하는 일이라고 믿는다.

어릴 때부터 여러 음악들을 거쳐 오면서 즐겨 듣는 곡들도 조금씩 달라졌다. 어떤 곡들은 처음 들었을 때 파랑이 몰아치는 것 같았는데, 계속 듣다 보면 그때의 전율이 사라져 결국 무미건조해지고 만다. 사람 관계도 비슷하다. 멋지고 근사한 사람보다 묵묵히 내 옆에 있어 줄 사람. 나는 이제 그런 사람들에게 더 끌리는 사람이다. 어쩌면 그래서 바흐의 파르티타나 토카타와 푸가를 좋아하는지 모른다. 바흐의 곡은 언제

들어도 들썩이게 하지 않고 바닥으로 끌고 가지도 않으면서 담담하게 시간 쪽으로 흐를 뿐이니까. 바흐의 곡을 연주하고 있으면 음과 음 사이의 시간과 간격을 생각하게 되고 내가 앞으로 살아가야 할 보폭을 생각하게 된다. 지리멸렬한 수다 속에서도 무너지지 말고 나약하지 말 것이며 느리지도 빠르지도 않은 걸음으로 조금씩 나아가기를. 하나의 음악이 하나의 문장으로 옮겨 간다. 서두르지 않고, 느린 호흡으로.

나 자신을 존재하게 하는 것. 끝없이 반복되는 시간 속에서 죽음 앞에서만 이 모순들이 끝날 것을 알기에. 살아 있는 동안은 죽음을 잊고 죽음에 대항하기 위해 자신의 존재에 심혈을 기울여 숨소리를 들어 볼 것. 하나의 문장을 쓰고 이 세계의 혼잣말을 듣고 하나의 음을 누르며 이 세계의 귀엣말을 듣는 것. 사람들은 자신의 존재에 대해 항상 불안해하고 의심투성이지만, 시와 음악은 그 불안과 의심을 잠재우고 오히려 살아 있음의 극단으로 몰고 간다. 감정 하나하나에 물꼬를 튼 숨결이 집 안 곳곳 드나들며 낮게 자리한 사물들에 파고들고, 아직 잠들지 못한 나의 눈꺼풀을 건드리는 작고 나지막한 아우성들. 어떤 시간의 호흡은 세상에 등 돌린 사람의 심정으로 낮게 진행된다.

꿈속의 나는 자주 흐느꼈다. 한 번의 호흡 끝에 가느다란 목소리가 따라왔다. 이상하지, 그 목소리에는 기쁨도 슬픔도 없이, 끝없이 나아갈 곳을 찾는 두 눈동자가 있었다. 시 안에서 내가 잠깐 머물렀던 시간의 호흡, 전체를 관통하면서 한 문장의 처음과 끝을 아무런 일도 일어나지 않는 것처럼 바라보는 것. 사방에 거울이 가득한 방 안에서 누군가의 목소리를 내 목소리처럼 가다듬으면서 쓸쓸해지는 것. 시를 쓰고 있으면 내가 아는 가장 쓸쓸한 사람의 목소리를 따라가고 있다는 생각이 든다. 그 끝에는 침묵이 기다리고 있을 거라는 희망. 무지하고 순수한 마음으로 영원에 가닿으려는 몸짓. 그럴 때 신은 내 안에서 충실한 아이의 얼굴을 하고 있다. 욕망하면서 두려워하기. 달아나면서 뒤돌아보기. 시는 그에 가장 어울리는 행위일 것이다.

"푸가는 가장 중요한 호기심을 자극한다. 긍정과 대답, 도전과 응수, 부름과 반향의 관계들 속에서 이 부동의 황량한 장소들(인간 운명의 열쇠를 쥐고 있지만, 그의 창조적 상상력의 모든 기억 이전에 없는)의 비밀을 발견해 내려 하는 호기심"이라고 글렌 굴드는 말했다. 바흐의 푸가를 듣고 있으면 일상의 흐름 속에서 미처 눈에 담지 못하고 지나쳐 버린 것들의 찰나를 다시 살피게 된다. 이것은 내가 시를 쓸 때 행하는 일과도 비슷한 지점이 있다. 저 책장 모서리의 빛바랜 먼지와 유리잔 속 흘러내리는 물방울과 방문 옆에 길게 서 있는 스

탠드의 조도와 천장에 비친 빛 그림자 같은, 그리고 한쪽 어깨가 기울어진 사람으로 앉아 있는 내 모습을 천천히 톺아보면서 시란 무엇일까 살아간다는 건 무엇일까를 생각하게 된다. 시 역시 한 구절 한 구절 부름과 대답을 통해 아직 가닿지 못한 곳을 가려는 몸짓의 노래이니까. 내가 한 문장을 더듬으며 솟구치고 무너질 때, 글렌 굴드의 입술에서 흘러나온 허밍이 신에게 바치는 기도에 다름 아니었던 것처럼 시도 그러하지 않을까. 언젠가 내게도 그의 허밍 같은, 기도 같은, 절명 같은 시가 찾아오길. 새해 첫 주말에 기도를 하듯 어떤 문장을 낮게 중얼거렸다.

타이피스트 시인선 002

아사코의 거짓말

1판 1쇄	2024년 2월 29일
1판 2쇄	2024년 3월 15일
지은이	박은정
펴낸곳	타이피스트
펴낸이	박은정
편집	박은정
디자인	장혜미
출판등록	제2022-000083호
전자우편	typistpress22@gmail.com
ISBN	979-11-986371-0-9

° 이 도서는 2023년도 한국문화예술위원회 아르코문학창작기금 발간 지원 사업에
선정되어 발간되었습니다.